Un estiu a Borneo

Un estiu a Borneo

Pilar Garriga

BARCANOVA
EDITORIAL

Equip editorial:

Coordinació d'aquesta edició: Montserrat Casassas
Projectes: Sara Moyano
Disseny de la col·lecció: Editorial Barcanova

Fotografia de la coberta: AGE Fotostock

Rosa Sensat, 9-11, 4a planta
08005 Barcelona
Telèfon 932 172 054. Fax 932 373 469
barcanova@barcanova.cat
www.barcanovainfantilijuvenil.cat

Quinzena edició: febrer de 2012
Setena impressió: febrer de 2018
ISBN: 978-84-489-2107-1
DL B. 2703-2012

Printed in Spain

A l'Alfred i als meus fills,
Jofre, Alfred i Pilar.

A la «Dra.» Rosa, que dedica
la seva vida a salvar els orangutans.

ÍNDEX

Tercera part. Borneo

Primera part
Catalunya

1 (Un)

En Martí porta les notes!

En Martí portava les notes a la butxaca. Eren dolentes, però la mare ja ho sabia. No era cap sorpresa, doncs. Pujà les escales i, sense desenganxar la clau dels pantalons, obrí la porta. Donà un cop massa fort, que féu trontollar el mirall de l'entrada, i ensopegà amb la butaca del rebedor. Amb la motxilla, fregà la blanca paret, de tan embalat que anava. En Martí tenia molta pressa o almenys ho semblava! Volia veure la mare, que era a la cuina omplint el rentavaixella.

—Mare, ja no hem de tornar més a l'escola fins després de vacances! —digué en Martí entusiasmat.

—Ja ho sé. Quina novetat! Per això tanta pressa? Vinga, endreça la teva habitació, que no hi ha res al seu lloc! Per cert, ¿has portat per fi l'equip de gimnàstica? —inquirí la mare mirant-se'l amb tendresa i fermesa a la vegada.

—No... Me l'he descuidat, però he portat la carpeta que vaig perdre fa dies... I també he recuperat l'estoig. Algú se'l va emportar a la sala de dibuix... —digué decidit en Martí.

—Martí, no acabem mai. O bé et deixes una cosa o bé te'n deixes una altra! I això quan no perds l'estoig o un llibre... —acabà dient resignada la mare, mentre preparava el sopar—. Apa!, dutxa't, que t'ajudaré a endreçar els llibres.

En Martí era distret de mena. I molt reservat. La mare no sabia mai què pensava quan el renyava. Mai no es queixava ni es revoltava. Es limitava a mirar, resignat, carregant-se totes les culpes. De fet, era ell qui perdia l'equip, qui s'oblidava l'agenda a casa i no apuntava els deures.

En Martí passà per la cuina per anar a deixar la roba bruta i arribà només amb un mitjó. La mare ja n'havia trobat el rastre i anava al seu darrere amb els pantalons, el mitjó i els calçotets.

—Sempre et dic que no facis les coses de bursada!, però mai no em fas cas...

—Mare, quin dia som de la setmana?

—Divendres! Quin dia vols que sigui?

—Quan marxem de vacances?

—Demà al matí. Ja fa dues setmanes que t'ho estic dient!

—Tantes vegades no m'ho has pas dit, eh!

Aquella Setmana Santa havia de ser un respir, tant per a la Clàudia com per a en Martí. Havien tingut un trimestre molt atribulat. La Clàudia havia après moltes matemàtiques i socials gràcies al seu fill. Se sabia totes les fórmules hagudes i per haver. Si no hagués estat per les llargues vetllades de tots dos fent deures, repassant lliçons i acabant guies de treball, en Martí no hauria tret un suficient pelat, pelat.

Aquell Martí, que sempre anava atabalat, amb la camisa per fora, els pantalons un pèl abaixats i no pas per la moda; amb la cartera mig oberta, l'entrepà a la mà i un dossier a l'altra, i amb la bossa d'esport penjant del coll, aquell Martí… era en Martí, el seu fill estimat amb bogeria; sabia, però, que les coses no podien pas anar bé d'aquella manera. Havia de fer un canvi, un gran canvi per anar per la vida.

La Clàudia tenia pendent una gran decisió. A l'empresa de relacions internacionals on treballava, li havien encomanat un viatge per l'Orient durant l'estiu, i el dilema de separar-se d'en Martí o no era molt difícil. Seria la primera vegada, però no tenia gaires opcions per escollir: o bé acceptava la proposta, o bé la tornarien a relegar. No seria pas la primera vegada i fins aleshores no li havia importat: primer era en Martí, abans que tot i que ningú!

La idea de deixar-lo amb algun familiar era pràcticament impossible. No tenia pares ni avis. Només una germana, la Rosa.

«La Rosa queda descartada», va pensar la Clàudia en el moment que valorava totes les possibilitats viables.

Encara que fos la seva germana, ni s'ho havia plantejat! Hi havia unes raons que queien pel seu propi pes… Més ben dit!, una raó que queia pel seu propi pes: la Rosa era veterinària!

«I aquesta és una raó?», algú es pot preguntar…

Doncs sí. La Rosa treballava a Indonèsia, a l'illa de Borneo, al costat de la selva, amb els orangutans.

Les dues germanes s'estimaven molt tot i la distància. Havien perdut els pares en un accident de trànsit i això les havia unides moltíssim. Compaginant els estudis amb el treball, la Clàudia va acabar econòmiques, i la Rosa, veterinària.

Les relacions de la Clàudia amb un company de facultat no van resultar tan idíl·liques com pensaven i van acabar amb una discussió i un cop de porta i, nou mesos més tard, amb l'aparició d'en Martí en les vides de les dues germanes.

Ja eren tres i, encara que la vida s'havia complicat força, les germanes, unides, van sortir-se'n prou bé.

La Rosa, de sempre, havia tingut la idea d'especialitzar-se i se n'anà a fer un màster a Londres. Compaginant primer la neteja d'un hotel amb les classes a la facultat, i després amb les urgències en un centre veterinari de nit, la Rosa aprovà el màster i, veient un futur entre gats i gossos, acceptà la proposta que li oferiren —ben bé de casualitat— d'anar-se'n a Indonèsia a un centre que tenia cura dels orangutans ferits, enmig de la selva de Borneo.

La Clàudia ni hi pensava, en aquella possibilitat, l'havia descartada d'antuvi sense ni pensar un moment en els pros i els contres. Era inimaginable que la seva germana pogués fer de cangur a en Martí, i això que ho havia fet tantíssimes vegades...

Però ara era massa lluny. A l'altra banda del món! A Indonèsia!

Com li podia passar pel cap enviar en Martí a la selva, amb els orangutans? En Martí, que preferia no anar sol per

Barcelona per por de perdre's! En Martí, que sempre era a la lluna! En Martí, a qui costava tant d'aprendre les coses!

«I per què no?», pensà de sobte la Clàudia. Ben mirat, s'estaria amb la seva germana, la persona en qui confiava més del món, la persona que estimava en Martí tant com ella. Un canvi d'aires... Potser era això el que necessitava el seu fill.

La Clàudia ja havia decidit on aniria en Martí aquell estiu...

2 (Dos)

En Martí no hi està d'acord!

És clar que primer calia consultar-ho amb el seu fill i l'última paraula la tenia en Martí. La Clàudia, després de sopar, va fer sortir el tema.

—M'ofereixen fer una feina fora durant l'estiu. Ens aniria molt bé perquè així podria triar l'horari que més em convingués. Podria estar més per tu.

—Doncs endavant, mare! Si a tu et sembla bé, a mi també. Cap problema! —es limità a dir en Martí, que mai no tenia res a dir. Tot li anava bé, potser perquè així no s'havia d'esforçar a trencar-se la closca.

—Hi estàs d'acord?

—Ja t'he dit que a mi ja m'està bé... ¿Hi parlen anglès, allà?

—Sí, és clar, és l'única manera d'entendre's amb aquella gent, perquè, d'àrab, no en sé gens!

—Perfecte! Així practicaré l'anglès; ja saps que el porto una mica fluix... —contestà en Martí.

La Clàudia ja havia començat i ara faltava la part més delicada:

—El problema és que tu no pots venir —continuà la mare.

—I què faré, doncs? —preguntà en Martí amb veu exageradament desemparada.

—Podries anar amb la Rosa... —deixà anar la Clàudia, sense pausa.

—La tieta viu molt lluny! No vols que vingui amb tu, però vols que vagi amb la tieta! No t'entenc, mare.

—Seria una ocasió per conèixer un altre món, veuries altres maneres de viure i de veure la vida —digué un xic insegura.

—I què vols? Que hi vagi sol? Si no sabré arribar-hi! Em perdré! Que no em coneixes?

—Sí, ja sé que et perds, no m'ho recordis.

—I quants avions hauré d'agafar? I qui em dirà a quin avió he de pujar? Mare, em sembla que portes les coses massa enllà! —acabà dient en Martí.

L'endemà, per l'autopista cap a l'Empordà, mare i fill es dedicaren a discutir sobre l'assumpte, a iniciativa de la Clàudia, és clar!

—Em perdré per Europa i m'hauràs de venir a buscar. Jo no hi vaig. Prefereixo anar a un campament tot l'estiu. Mira!, la veïna hi va cada any, sempre al mateix campament. Em penso que, gaire avorrit, no ho deu pas ser!

Tot i el clima de diàleg que imperava, no hi havia manera. En Martí no baixava del ruc, ni la Clàudia tampoc!

La Clàudia, però, tenia totes les vacances de Setmana Santa per convèncer-lo.

En arribar al poble d'Albanyà, il·luminat per les dotze finestres que formaven el centre urbà, aparcaren el cotxe a l'entrada d'un edifici atrotinat, que abans havia estat la rectoria.

Un cop instal·lats a l'apartament de l'única fonda que hi havia en un poblet de cent i pocs habitants a l'hivern, se'n van anar amb bicicleta fins a la gorga del pont romànic que hi havia a un parell de quilòmetres.

La Clàudia, esbufegant al darrere en plena pujada, anava fent incursions:

—He parlat amb en Ben i crec que ho podrem muntar perquè tinguis un viatge còmode i segur.

—Has trucat a Holanda? Sí que t'ho prens seriosament, mare!

—M'escoltes o no?

—Sí, t'escolto! Explica, explica!

—En Ben té una amiga que treballa a l'aeroport d'Amsterdam i diu que hi ha un servei de recollida als aeroports.

—Servei de recollida com els paquets? Ara resulta que sóc un paquet, oi? Vols que em redueixi a un simple paquet?! Vinga, mare, no m'empipis. T'he dit que no vull. I pedala més, que et quedaràs a mig camí!

Mare i fill aparcaren el tema per uns moments per admirar un paisatge tan bucòlic com aquell, amb el brogit del riu agitat xocant contra les blanques roques de la riba. Des del pont de la Boixeda, la Muga s'imposava amb la seva llarga figura sinuosa i ensordidora. Les parets del vell pont aguantaven pacientment les batzacades d'un corrent ferotge que s'emportava el fullam i les branques dels marges.

Aquella tarda preciosa, amb llum parcialment tapada per núvols blancs, que deixaven entreveure un sol que es barallava per no desaparèixer a l'horitzó, entre la silueta del Bassegoda i del Comanegra, s'acabà amb sopa i carn d'olla preparades per la mestressa de la fonda.

—Ja saps que mai no t'exigeixo res. Bé, en qüestió d'estudis, sí, però crec que una experiència com la que pots tenir amb la tieta no la tindràs mai.

—Mare, no comencis un altre cop, que això ja passa de mida! No entenc quina dèria tens ara amb això de Borneo. La tieta fa temps que hi és i mai no havies parlat d'anar-hi.

—Ja m'hauria agradat de fer un viatge com aquest, però la tieta no ens el recomanava. Deia que per als nens és més perillós que per als grans, i que ja hi hauria temps.

—I ha arribat el moment, oi?

—Doncs, en certa manera, sí. Ja no ets un nen petit.

—Doncs anem-hi tots dos plegats! No cal que hi vagi jo sol!

Era una conversa interminable. Els arguments que podia defensar la Clàudia no convencien de cap manera el seu fill. Amb tot això, van fer un parèntesi en arribar a les postres, unes trufes amb nata que en Martí s'empassà en un tres i no res.

—Et farà mal, la nata, si te la menges tan de cop!

—I tu, que fas règim, ara? No et prens ni un cafè? Que estrany, amb tanta xerrameca has perdut la gana, o què?

—No, no he perdut la gana, ni faig règim. I sí, vull cafè, però me'l prendré a cal Ramon.

Per pair el sopar, anaren convidats a fer un cafè a cal Ramon i l'Anna Maria, uns estiuejants de tota la vida que sabien totes les rutes i forats d'aquelles muntanyes.

—Demà, una colla anem a caminar fins a la Parada —anuncià en Ramon, assaborint una infusió de menta amb poliol.

—Que hi anirà la Mont? —preguntà en Martí, encuriosit, mirant-se l'Anna Maria.

L'Anna Maria assentí amb el cap, i en Martí, automàticament, ja tenia decidit que ell també hi aniria, a l'excursió.

La Mont era una bona amiga, de tota la vida, que vivia al poble, en una casa gran, plena d'animals de granja.

Juntament amb altres fills d'estiuejants i l'escàs jovent del poblet, formaven una colleta ben avinguda. Cada Setmana Santa i estiu s'ho passaven d'allò més bé. Excursions, ballades, festes majors, tardes al riu, nits de cinema a l'aire lliure, partides de billar al bar de la fonda, sempre hi havia motius per trobar-se i passar-s'ho bé.

3 (Tres)

Anem d'excursió!

Diumenge a les vuit del matí, quan encara no havia sortit d'entre les muntanyes tot el sol que l'home del temps havia anunciat, ja anaven apareixent els primers excursionistes, amb la motxilla i el bastó, ben abrigats, amb cara de son i ullets il·lusionats.

En Martí i la Clàudia van ser dels últims, tot i viure a la mateixa plaça.

—Aquests de ciutat sempre fan el ronsa a l'hora de llevar-se! Ja hi som tots? Endavant! —exclamà content en Ramon.

En Ramon era un home prim, de pell colrada i cap pelat com una bola, que sempre tenia alguna resposta positiva a totes les preguntes, per fosques que fossin. Tenia un aspecte rialler i desenfadat amb el qual s'havia guanyat tot el jovent del poble. Totes les iniciatives excursionistes que ell proposava tenien una acceptació increïble entre els nois i noies, de manera que havia sorgit un grup excursionista de forma espontània, com els bolets.

Aquella excursió era la primera de la temporada, i l'hora i mitja de pujada fins a la Parada, una masia a mig camí de Llorona, era un pèl feixuga, si més no per a la Clàudia i en Martí, que al cap de deu minuts ja eren els últims.

—Mare, ¿saps que la Mont aquest estiu se'n va a Londres, a fer un curs? Diu que no té cap problema de viatjar sola, que tot és més segur del que sembla... És valenta, la Mont, oi?

—Sí, i tant!

La Clàudia no va desaprofitar l'ocasió:

—I tu... no li has dit... que potser te n'aniràs a Borneo?

En Martí trigà uns segons a contestar:

—Li he dit que potser, que hi ha una probabilitat remota, però que de moment no ho veig clar. Ara que, si ella se'n va a Londres sola..., jo almenys m'estaria amb la meva tieta...

La Mont anava també de les últimes i, amb un esforç, la Clàudia la va atrapar.

—Mont, m'ha dit en Martí que te'n vas a Londres a l'estiu. Ets prou decidida!

—Sí, els pares volen que tingui un bon anglès, i a mi no em desagrada la idea. Però, i el teu fill, què? M'ha dit que se n'anirà a Borneo! A cuidar orangutans amb la seva tieta! Ell sí que és decidit! Un viatge tan llarg... quatre avions... i diu que no té por. Això sí que és una aventura! És fantàstic!

—Vols dir?... —acabà dient la mare, que no es creia el que sentia. Quin fill més imprevisible que tenia!

En Ramon acabava de fer un parell de fotos al poble des d'un petit altiplà, just a sota la masia. D'aquella masia, en deien la Parada, perquè això és el que feien els caminants que anaven del poble d'Albanyà fins a Olot passant per

Llorona, un poblet perdut a la carena. El camí no era gaire ample, però hi passava un 4x4 petit. En Ramon s'esperà que arribés la Clàudia:

—Clàudia, no t'hi escarrassis gaire, que tot just és la primera excursió de la temporada. A l'estiu en tenim unes quantes per fer. La ruta de les masies, el Canigó, les Alberes...

—Doncs em sembla que enguany me n'aniré una mica més lluny, a l'Aràbia!

—Això és molt lluny!

—Hi vaig per feina.

—I què en faràs, d'en Martí?

—Doncs m'ho... ens ho estem pensant!

—Si convé, el pots deixar amb nosaltres aquí dalt. Podria dormir a casa. I estaria amb tota la colla. Ja saps que s'ho passen molt bé plegats!

—Gràcies, però m'agradaria que passés les vacances amb la meva germana.

—Quina germana? La de les mones?

—Quina vols que sigui? No en tinc cap més! I, perquè ho sàpigues, no són mones: són orangutans!

—Perdona la meva ignorància. A mi tots em semblen iguals.

—Doncs mira que n'hi ha molta, de difèrencia! Els orangutans només viuen a Borneo i a Sumatra, i tenen el pèl vermell. Els ximpanzés i els goril·les viuen a l'Àfrica, i són grisos o negres. I tots plegats són simis superiors! La resta, diguem que són mones! —exclamà la Clàudia una mica ofesa per la ignorància del seu amic.

—Intentaré recordar-ho, encara que només sigui perquè no t'enfadis!... I què en diu, en Martí, de tot això?

—Que no hi vol anar, però jo sé que li aniria molt bé, no em preguntis per què...

En Martí s'acostà a la Clàudia i interrompé la conversa.

—Mare, diuen d'anar a veure Talteüll demà, si no plou.

—Doncs jo m'hi apunto! M'agradaria tornar-hi —contestà la Clàudia, i es quedà uns segons pensativa pel que acabava de dir.

Feia anys que les dues germanes havien anat al museu de Talteüll i, vés per on, la vocació de la Rosa es despertà arran d'aquella visita.

El museu de Talteüll, conegut com el centre europeu de la prehistòria, era en un edifici molt modern, i en Martí i la Mont s'empassaren tots els audiovisuals i els panells que anaven trobant durant l'instructiu recorregut. La Mont estava molt ben informada de la vida dels homes prehistòrics perquè precisament havia fet un treball de socials el primer trimestre.

Després de dinar en una de les fondes típiques del sud de França, on parlaven un català molt genuí, enfilaren la carretera cap a la frontera.

Al capvespre, la Clàudia al volant, s'escoltava la conversa que mantenien els altres ocupants del cotxe i, amb els comentaris d'en Martí, notava l'incipient interès del seu fill per l'origen de l'home i pels avantpassats prehistòrics.

De cop i volta i, sense precedents en la història, s'interessava per tot.

—És important saber llengües, sobretot l'anglès —comentà en Martí.

—I la teva tieta, en què parla als oraguntans? —preguntà la Mont molt interessada.

—Amb els animals, no ho sé, suposo que en indonesi...

—I amb la gent d'allà? —tornà a preguntar la Mont. I, com que es produí un curt silenci, la Clàudia contestà, per donar així un respir a en Martí.

—Amb els *daiaks*, que són els aborígens de Borneo, parla una mica en anglès, però sobretot en indonesi. És una llengua majoritàriament fonètica i, segons la tieta Rosa, molt difícil d'aprendre.

Era evident que en Martí havia seguit amb entusiasme, al costat de la Mont, les explicacions del guia.

—A mi, el que m'ha agradat més és la reconstrucció del tipi on vivien els prehistòrics —explicà la Mont.

—Doncs, a mi, l'esquelet de l'ós de les cavernes! Si hi havia óssos, vol dir que hi feia un fred glacial, al nord de Catalunya —deixà anar en Martí mirant-se les postals del museu que portava en un sobre de paper.

—¿Ho sabies, que en aquesta zona abans hi havia rinoceronts, mamuts, óssos de les cavernes, i que molta part d'aquesta terra era glaçada? —comentà en Martí a la seva mare, com si ella no hi hagués estat.

—I què me'n dius, de l'aspecte dels homes de l'època? L'escultura en bronze de l'home de Talteüll que hi ha a l'entrada m'ha impressionat —comentà la Mont.

—Vol ser una reproducció fidel de les restes que van trobar a l'entrada d'una cova a la localitat de Talteüll —afegí en Martí, mentre la curta caravana de cotxes deixava enrere les Alberes per tombar cap a la dreta, en direcció al poble.

—Semblava un primat! —va dir la Mont, imparable.

—Sí, primats, com els ximpanzés, els goril·les... i els orangutans... —comentava amb esperit científic en Martí, sense esperar rèpliques.

—Renoi, Martí!, quina sort que tens! —exclamà entusiasmada la Mont tornant al viatge a Borneo—. Podràs viure amb els orangutans i conèixer els seus costums! Si jo pogués venir amb tu, seria la persona més feliç del món! —exclamà la Mont mirant-se'l amb ulls brillants, sense embuts, apropant la mà a la d'en Martí.

—Saps que també són coneguts com «les grans mones vermelles»? —afegí en Martí, com aquell qui ho sap tot, amb el propòsit de desviar la conversa i poder tocar la suau maneta de la Mont. En Martí era tímid i no volia que se li notés l'emoció que li havia encomanat la Mont.

—Quina sort tindràs, Martí, si vas a la selva amb els orangutans. Ets un privilegiat. No tothom pot gaudir d'una ocasió com aquesta. Em fas una enveja...! —repetí.

I aquest fou l'últim comentari que va fer la Mont, però que va caure molt endins en el cor d'en Martí. El noi es va passar la resta del camí somiant, molt lluny de la realitat, i mirant per la finestra amb el cap de la Mont recolzat en l'espatlla. Els ulls li brillaven intensament, per moltes coses potser.

4 (Quatre)

De tornada a l'institut

Setmana Santa tot just havia començat i ja s'havia acabat, de sobte. Aquest era el sentiment de tota la colla, incloent-hi en Martí. Tots estaven una mica tristos quan es van trobar al bar de la fonda per acomiadar-se.

Les últimes paraules que es van intercanviar en Martí i els seus amics van ser que es trucarien i que quedarien un dissabte després dels exàmens del tercer trimestre.

Parlant del tercer trimestre, el rumb de les classes experimentà variacions importants. No és que en Martí hagués canviat radicalment, no! Continuava deixant-se l'equip d'esport o es descuidava a casa els deures fets, després d'estar-s'hi fins a alta hora de la nit amb la mare... Però ja no era sempre, sempre, i, a més, ara aprofitava les hores de biblioteca, després de dinar, per mirar-se llibres que parlessin dels orangutans i de l'illa de Borneo.

I la Clàudia tot això ho notava perquè a l'hora de sopar en Martí la il·lustrava:

—Mare, saps què vol dir *orangutan*? —preguntava amb aire de professor. I, com que la mare somreia sense dir res, de seguida contestava en Martí, satisfet:

—Doncs la paraula *orangutan* ve de la llengua malaia i significa 'persona del bosc'. ¿I sabies que els orangutans petitons tenen una cara que sembla humana, i que, a diferència dels goril·les i els ximpanzés, tenen una franja blanca al voltant de l'iris?

—La tieta m'ha enviat cartes parlant-ne, de la seva vida amb els orangutans. Són cartes llarguíssimes, que et poden interessar…

—I la tieta explica què fan, els orangutans?

—Si vols que et digui la veritat, no me'n recordo gaire, però em sembla que me les tornaré a llegir.

—Vaja, ja veig a qui he sortit! Llegeixes les cartes i ja no et recordes de què has llegit. Mare, això no pot ser! —exclamava rient en Martí, orgullós de poder comentar les seves investigacions i ensenyar coses a «la qui ho sabia tot».

—I tu saps que Borneo és una de les illes més grans del món? I que tres quartes parts són indonèsies? I que es coneix com a Kalimantan? Oi que no? Doncs jo també sé coses! —contestà la mare mig en broma i mig ofesa.

—Ah!, però segur que no saps que a Borneo també hi ha porcs salvatges, óssos, cocodrils i cobres reials… i que també hi havia rinoceronts, com a l'Índia, però s'han extingit… —afegí en Martí amb aires de guanyador d'aquell concurs improvisat.

La mare feia cara de ser feliç. Se sentia orgullosa de tenir un fill com en Martí. En Martí havia canviat, tenia més ganes de llegir i d'aprendre i s'empassava tots els documentals de televisió.

—Mira que n'arriben a fer, de programes! I tots ben interessants! —comentava la Clàudia amb veu imperceptible quan passava pel menjador i trobava en Martí arrepapat davant el televisor mentre berenava.

Ja no semblava el noi apàtic de sempre, que no tenia ganes d'aprendre res, que no tenia interès per res: «I, això, de què em servirà si m'ho aprenc?»; «I per què m'he de llegir aquest llibre si no val res?»; «I de què em valdrà si faig el que em dius?»

Aquests eren els comentaris típics d'en Martí i, alhora, els comentaris que més odiava la Clàudia, perquè no tenia armes per batallar amb un cap quadrat com el seu fill.

Una tarda de dissabte, casualment, van emetre un bloc de documentals sobre els primats africans i també sobre els asiàtics.

—Mare, vine, que surt la Birute Galdikas!

—És un programa antic; el devien tenir guardat a l'armari! Aquí la tieta encara no hi era.

—Has vist què fan els orangutans? Si semblen persones! Això és una selva de veritat?

—Sí, però la tieta diu que cada vegada en queda menys, de selva, perquè els talladors furtius d'arbres desforesten la selva a marxes forçades i els orangutans tenen menys terreny on viure.

—Segur que actualment el paisatge ha canviat molt…

—No en dubtis. Pel que explica la tieta, el canvi és imparable!

—I per què no els agafen? Que els fiquin a la presó, els furtius!

—No és tan fàcil. Pensa que són zones molt denses i hi ha pocs guàrdies forestals per vigilar. Els furtius, que ho fan per viure, són els mateixos habitants d'aquella terra i es coneixen molt bé el territori.

—Quan hi vagi, ja veuran, aquests il·legals! Els explicaré que no ho han de fer! —contestà esverat en Martí sense treure la vista del televisor.

A la mare, ara li semblava massa, tant d'entusiasme. Tenia una mica de recança i no li agradava cap dels pensaments que li passaven pel cap en aquells instants.

A la mare ja no li semblava tan bona idea!

5 (Cinc)

La Clàudia ja no ho veu tan clar!

Un divendres en Martí va arribar esverat com sempre i, sense treure's la jaqueta, entrà al despatxet on la mare passava unes factures a l'ordinador.

—Saps que he decidit fer un treball de socials sobre la selva tropical de Borneo?

—Doncs no, no ho sabia... Em sembla bé —contestà la Clàudia sense aixecar el cap.

—Què mires, mare? —preguntà estranyat en Martí.

—Fotos —es limità a dir la mare.

Mentre en Martí es mirava les fotos d'uns orangutanets acabats de néixer, s'adonà que la mare feia carissona.

—Què et passa, mare? No et trobes bé?

—Sí, Martí, però és que estic molt cansada. Podràs fer tu sol els deures avui?

—Com cada dia, és clar! Ja saps que no et necessito!

—Pregunta'm el que no sàpigues, entesos...?

A la Clàudia li passava alguna cosa. No li havia fet les mateixes preguntes de sempre. Però en Martí no es podia arribar a pensar quin era el motiu d'aquell canvi d'humor.

A l'hora del cafè, la Clàudia sempre anava a esmorzar a la cafeteria de l'empresa i llegia el diari. A la secció internacional, sempre hi donava una ullada ràpida, abans de passar a la secció econòmica, que, per qüestions laborals, era la que més li interessava.

Una breu notícia a peu de pàgina la va deixar blanca com el paper de fumar. S'havia atabalat tant que escampà el cafè amb un cop de colze sobre el client del costat.

La notícia era tan impactant que l'havia feta canviar radicalment d'humor. Com li havia passat pel cap una cosa així? Sort que encara hi havia temps de canviar de plans. En Martí no podria anar a Borneo. De cap manera.

Sense demanar permís al cambrer i amb molta discreció, va retallar la notícia. Un cop a casa, es va tornar a llegir el tros de paper, l'enganxà i, amb molt de compte, tancà, com si es tractés d'un tresor, l'arxivador que portava una etiqueta blanca: Rosa-Borneo-Orangutans.

La Clàudia, des que la seva germana havia marxat, portava un arxiu de totes les notícies aparegudes en els diaris i revistes relacionades amb Indonèsia. Tot s'hi valia: des de revistes de viatges fins a publicacions de temes ecològics sobre la destrucció de les selves tropicals i sobre els costums d'aquells pobles, majoritàriament musulmans.

També hi ordenava totes les cartes i un munt de fotos que la seva germana li anava enviant periòdicament. Així semblava que eren més a prop l'una de l'altra.

En Martí, que se n'havia anat a fer deures a la seva habitació, tornà a entrar quasi immediatament. No s'explicava el canvi d'humor de la mare i va tornar a insistir:

—Mare, sembles trista. No m'has preguntat què he menjat per dinar, ni si m'he deixat alguna cosa, ni si he apuntat els deures en l'agenda —li va retreure per fi en Martí, que no se'n sabia avenir.

La mare sempre tenia el somriure als llavis, encara que el renyés.

—No siguis tan pesat. Ja t'ho explicaré una altra estona. Deixa'm, que ara no tinc ganes de parlar i vull acabar de passar en net aquest projecte del despatx —digué secament, però dolça, la Clàudia.

En realitat, la Clàudia inconscientment feia temps per pensar la millor manera d'explicar-ho a en Martí. No sabia com afrontar el problema ni com enfocar el que havia llegit en la premsa.

De moment, només havia estat una breu notícia de quatre ratlles en l'apartat d'internacional. Preferia esperar fins a saber més detalls sobre la notícia abans de comentar res al seu fill. Però no va caldre...

6 (Sis)

En Martí ara sí que ho té clar!

En Martí, que mirava el telenotícies mentre parava taula, va fer un crit esgarrifós.

—Mare, corre, vine, que hi ha guerra a Borneo!

La mare hi corregué de seguida. La notícia que havia llegit la Clàudia un parell de dies abans es confirmava. Havien aparegut una desena de persones amb els caps tallats a la selva de Borneo: al Kalimantan, precisament on vivia la Rosa.

La Clàudia s'assegué, destrossada, al costat d'en Martí, davant el televisor. Quan van acabar de dir la notícia, amb imatges d'arxiu de la zona del Kalimantan que no tenien res a veure amb la notícia i on es veien uns *daiaks* amb matxets, ballant durant una cerimònia, mare i fill van quedar muts i amb les cares blanques com la farina.

«I aquesta és la notícia, de la qual encara no tenim imatges, però esperem tenir-ne en la pròxima connexió amb el nostre enviat especial», deia el presentador del telenotícies.

—Aquests guerrers que han tallat els caps amb els matxets són uns bèsties!

—Això és el que et volia comentar... Però no volia que et preocupessis —començà a explicar la Clàudia, ensorrada físicament i moralment.

—No m'ho puc creure, mare!

—Fa un parell de dies que intento contactar amb la tieta, i encara no m'ha contestat. Espero que ens escrigui aviat i que ens ho expliqui.

—Mare, digues-li que torni, vejam si li tallaran el cap a ella també! —exclamà en Martí, que no se'n sabia avenir—. Quina aventura! Llàstima que jo encara no sigui a Borneo, perquè...

Aquest últim comentari el va fer amb un fil de veu, expressament perquè la seva mare no el sentís.

Ara més que mai volia anar amb la seva tieta. Ja es veia entre els *daiaks*, amb el matxet, posant la pau entre aquells pobles i explicant-los que no s'han de tallar els caps per tan poca cosa!

Dilluns mateix en Martí, com que encara no sabien res de la tieta, va parlar amb el professor de socials sobre la notícia, i el professor ho va aprofitar per comentar a classe els problemes d'ètnies que viuen a Borneo.

En tornar a casa, li va faltar temps per anar a explicar-ho a la mare:

—Mare, el professor ens ha explicat què està passant a Indonèsia. No t'hi amoïnis, que no és tan greu —digué en Martí amb molta serenitat.

—No, és clar, per una trentena de caps tallats enmig del camí... no passa res! És el pa de cada dia, això, Martí!

Que ho he vist a la televisió, aquest migdia! Trenta caps tallats! Se m'ha encongit l'estómac!

—Què em dius? Que ho has vist a la televisió?

—Sí, a les notícies del migdia... Es veien uns *daiaks* amb matxets i, al seu darrere, uns cossos mutilats, arrenglerats a la vorera d'una carretera, i els caps a mig metre dels cossos!

—Doncs espera un moment, que abans d'explicar-t'ho no em vull perdre les notícies del vespre!

—Segurament que ho repetiran. Era esgarrifós!

—I s'han vist de prop, els caps? —preguntà en Martí, mentre es dirigia amb presses cap al televisor i l'engegava sense perdre temps.

7 (Set)

Per fi arriba una carta de Borneo

Van transcórrer massa dies sense saber res de la Rosa, i la Clàudia no dormia esperant una trucada o algun correu electrònic de la seva germana. Passaven els dies molt a poc a poc. Semblava que a la televisió ja havien oblidat la guerra, i els diaris ja no publicaven cap notícia referent a Borneo.

Tres dies més tard, van rebre notícies de la Rosa, explicant la situació viscuda les setmanes anteriors.

Pasir Panjang, abril

Estimats Clàudia i Martí,

Espero que no us hàgiu preocupat massa per mi!

Suposo que a hores d'ara ja sabeu què ha passat a Borneo. Ha estat notícia internacional pels problemes entre ètnies, però per sort la cosa s'ha calmat i esperem que finalment tot hagi acabat.

Us explico una mica d'història perquè pugueu entendre l'origen del problema.

Els aborígens de Borneo, o daiaks, *des de fa unes centúries comparteixen illa amb malais i xinesos, però, aquests últims* anys i a causa d'una superpoblació a l'illa de Java, el govern va promoure la transmigració cap a Borneo, concedint terres a canvi d'instal·lar-se aquí. Tot devia anar bé fins que els madures, originaris d'una petita illa al nord-est de Java, on la terra és infèrtil, van començar a escampar-se pertot arreu, i també a Borneo, és clar.

Sembla que aquesta gent, durant els seus anys d'estada aquí, no ha fet més que portar conflictes... De manera que els daiaks, ja cansats d'ells i farts que el govern no fes res per resoldre-ho, van decidir prendre la iniciativa... I qui millor que ells, que no tenen por de res ni de ningú i a qui tothom tem?

A l'Àsia, encara avui, creuen en màgia i en mites, i els daiaks són totes dues coses: màgics i un mite.

No gaire temps enrere encara tallaven els caps de les seves víctimes, seguint una tradició mil·lenària. On sóc jo, la situació no ha estat mai ni de bon tros com la que es va viure a l'est de Borneo.

Allà més de 2.000 madures van perdre els seus preuats caps després de no seguir el consell de marxar de l'illa.

On sóc jo, diuen que és l'únic lloc de Borneo on encara queden madures.

Durant aquestes setmanes passades, tothom feia córrer que els daiaks de l'interior, que són més ferotges que els d'aquí, no permetrien que els madures es quedessin aquí on sóc jo i que passaria el mateix que va passar a l'est de l'illa.

Per prevenció, el govern va enviar milers de militars, i els daiaks del poble on visc es van preparar per si de cas venien *els* madures *a venjar-se o a atacar els* daiaks *que habiten aquests pobles.*

De fet, ells diuen que hi ha diferències entre daiaks, *que ells no són com els de l'interior, que ells no volen guerra i que ells no maten ni tallen caps.*

Hem passat uns dies d'incertesa, per què us ho he de negar? Però més aviat era per la desconeixença i la poca informació del que estava passant!

Era difícil saber què era cert i què inventat, però cada dia hi havia una nova història que corria pel poble.

No fa gaires dies, caps de policia i caps de les cinc religions oficials a Indonèsia i també de l'exèrcit i, els més esperats de tots, els comandants daiaks *o* panglimes *es van reunir a Pasir Panjang per cridar a la pau entre els pobles.*

Els dies següents a la cerimònia van ser plens d'incertesa i de nervis. Els homes del poble van fer guàrdia totes les nits, matxet en mà i amb sarbatanes; les dones i els nens, tancats a casa, i rumors i més rumors dansant en l'ambient, rumors que no feien altra cosa que enrarir l'atmosfera.

El balanç final de tot aquest enrenou va ser d'11 madures *morts, 8 dels quals sense cap; més de 80 cases de* madures *buides i cremades per tal d'assegurar-se que no tornin, i més de 3.000 fugitius.*

Per fi avui ha tornat la calma. Els homes del poblat ja dormen tranquils, els militars van marxant a poc a poc cap a Java i no hi ha més cases cremant. Diuen que els daiaks *de l'interior ja han marxat d'aquí, però que si cal tornaran.*

Jo desitjo que les coses es normalitzin, però haig de reconèixer que en cap moment no vaig sentir por ni em vaig sentir amenaçada.

De fet, sóc estrangera i no madura *o d'Indonèsia, i visc entre* daiaks, *que sembla que són els més poderosos i els qui tallen els caps.*

Em sembla que és molt difícil que ho entengueu, però no us hi trenqueu les banyes, que tot s'ha arreglat!

Us envio una forta abraçada. Us recordo molt.

Rosa

8 (Vuit)

Les notes de fi de curs

S'havia girat la truita. Ara les coses anaven al revés. En Martí estava preparant el viatge, ja el tenia coll avall, i la Clàudia feia tots els possibles per treure-li la idea del cap.

La Clàudia era molt tossuda... Però en Martí resultà ser-ho més.

Les bones notícies que envià la Rosa en dues cartes posteriors van fer possible que la Clàudia ja no s'oposés tan radicalment al viatge, un viatge del qual ella mateixa havia estat la promotora.

Estimada germaneta,

Tot és en calma, aquí a Borneo, com si no hagués passat res!

Tinc una altra bona notícia! M'he motoritzat. M'he comprat una motoreta de segona mà i trobo que és fenomenal poder-se sentir independent. No és que hi hagi gaires llocs on anar, però almenys tinc un mitjà per moure'm.

Continuo vivint a la clínica, al mateix lloc on treballo durant set dies a la setmana, i em sento afortunada de poder fer aquesta feina, de poder col·laborar en la supervivència d'aquestes magnífiques criatures que són els orangutans i dels seus boscos, que són meticulosament destruïts per l'home.

La meva relació amb els indonesis és cada cop més bona. A poc a poc deixen de veure'm com una estrangera i, per tant, com una intrusa, i em permeten, cada dia més, de formar part del seu equip, de les seves idees.

Com n'arriba a ser, de difícil, poder-se entendre amb una altra cultura tan diferent de la nostra i ser-hi acceptada!

Espero que no us hagi amoïnat massa amb tot aquest embolic ètnic. Des de lluny, segur que sembla molt perillós i arriscat; però, des d'aquí, no. Si fos així, segur que ja hauria marxat.

Ara que, pensant-ho bé, qui cuidaria les cries dels orangutans?

Us envio unes fotos que espero que us agradaran.

Un abraçada ben forta per a en Martí.

Rosa

Sigui com sigui, el viatge anava madurant i, dia a dia, anava prenent forma, fins que començà a ser una realitat immediata.

L'última setmana de juny, amb una calor d'estiu que no s'aguantava, en Martí va arribar a casa carregat amb la motxilla plena de llibres, la bossa d'esport i un canó llarg amb làmines de dibuix. A sota el braç, hi portava una enorme carpeta de color fang i un sobre blanc, ben clos.

En Martí tornava a portar notes, les notes de fi de curs, però no havia gosat mirar-se-les.

Sense dir res, en Martí allargà la mà amb el sobre rebregat i s'esperà dòcilment, amb un posat de sant entendridor!

Quan la Clàudia va obrir aquell rebrec de paper, es quedà mirant-lo detingudament, com si, de primer, no es cregués el que veia i, uns segons més tard, com si no li agradés.

Sense dir ni piu, es va deixar caure al sofà que tenia providencialment just al darrere i va mirar el sostre mentre deixava anar un sospir...

En Martí no s'havia mogut de davant seu esperant-ne la reacció.

—Martí, t'has mirat les notes? —va preguntar sense manifestar cap sentiment.

—No he gosat. He preferit que primer te les miressis tu.

—I et penses que amb aquestes notes pots anar pel món?

—No... ho sé. Si no me les dius?

La mare no semblava gaire feliç, però en Martí no sabia si era perquè havia suspès o perquè eren bones i això li permetria d'anar a Borneo. I continuava palplantat davant la Clàudia.

—Per què? No estàs contenta? —preguntà esperant una resposta positiva.

En Martí sabia que havia millorat, que havia tret millors notes perquè s'havia esforçat molt, què dic «molt», «moltíssim»!

Abans de tot, cal aclarir que una de les condicions que li havia imposat la mare per poder anar a Borneo era millorar substancialment les notes, que ja era prou difícil!

No volia pas dir aprovar-ho tot, perquè això ho trobava impossible, vist el currículum d'en Martí.

—A tu què et sembla? No faig bona cara o què?

—Sí, a mi em sembla que he millorat...

En Martí no sabia què dir, tot depenia d'un paper per arribar a veure les seves il·lusions fetes realitat.

La Clàudia es va quedar mirant-se aquell manyoc de fill que tenia al davant, amb la bragueta mig oberta i la camisa mal cordada, que li penjava d'una banda, i li dirigí el millor dels seus somriures:

—Hem aprovat el curs! —contestà la Clàudia plegant el paper i deixant-lo sobre la tauleta amb una cara de felicitat que no cabia a la pell. S'abraonà sobre el seu fill i l'abraçà amb força.

En Martí no reaccionà, ni quan la mare li va proposar una cosa que l'entusiasmava:

—Et convido a dinar en un xinès! No tinc ganes de cuinar avui! M'arreglo en un moment i marxem, entesos? Ah!... I després anem a comprar-te unes vambes, que les que portes semblen un colador! —digué la mare sortint de la sala d'estar.

En Martí encara no havia reaccionat. S'estava dret, sol, i, fins passats uns segons, no agafà les notes de damunt la tauleta. Amb molt de compte i a poc a poc, com si fos una bomba que s'havia de desactivar, desplegà el paper. No se'n sabia avenir. No havia vist mai unes notes com aquelles!

Era la primera vegada en la seva vida que ho aprovava tot! Amb suficients! I no n'hi havia ni un, ni dos... I de socials havia tret un bé. Segur que era gràcies al treball dels climes tropicals.

I el millor de tot no era això! En una nota a mà, a peu de pàgina, la tutora havia escrit:

«Els professors estem molt contents del teu esforç en l'últim trimestre. No ho superes tot amb excel·lents, però vas pel bon camí. Has fet un canvi prou important per pensar que podràs continuar els estudis amb un altre ritme. Bon estiu. Helena»

En Martí es va tornar a llegir la nota de socials. Un bé. I superava les instrumentals i els crèdits variables! Era el noi més feliç del món! Les va enganxar a la porta de la nevera i se les va quedar mirant una estona, fins que la mare l'arrossegà fins a la porta.

—Que farem tard! Vinga, afanya't, capsigrany!

S'havia de celebrar. Mare i fill havien aprovat el curs! Calia donar-hi un parell d'empentetes més.

Dissabte al vespre va ser molt especial. Feien una pel·lícula que en Martí encara no havia vist i que, per raons òbvies, tenia molt interès a veure.

Per completar la feliç vetllada, la Mont venia a passar el cap de setmana a Barcelona, a casa una tieta. Havia trucat per avisar que feien *Goril·les en la boira* i, sabent que en Martí no gosaria convidar-la per timidesa, no dubtà a autoconvidar-se ella mateixa:

—Què et sembla si vinc a veure-la a casa teva? —proposà la Mont per telèfon.

—Em sembla molt bé! Però tu ja l'has vista, oi?

—És igual! Així te la podré comentar! Saps que la Diane Fossey també coneixia el Louis Leakey? —explicà la Mont.

—Sí, i la Jane Goodall, la dels ximpanzés, també —afegí en Martí per demostrar que havia estat investigant.

La Clàudia s'encarregà de fer el sopar (pa amb tomàquet i pernil) i en Martí parà la tauleta del racó amb estovalles, gots de festa i espelmes.

9 (Nou)

Comença el compte enrere

En Martí va anar al Clínic per vacunar-se del tètanus i, per anar més segur, de l'hepatitis B, ja que li ho havien recomanat especialment. De la malària, com que encara no hi ha vacuna, se'n va prendre una profilaxi en pastilles.

Estava tan orgullós, que no va fer cap comentari sobre el mal que li feien les punxades.

—Què, t'han fet gaire mal, Martí? —preguntà la mare quan el va veure sortir amb la cara groga.

—No, potser en el moment de la injecció, però res més! —contestà en Martí fent l'home.

Coneixent en Martí, la mare no va voler fer cap més comentari, encara que el veiés una mica rígid i amb el cul sortit com un ànec.

L'endemà en Martí no cabia a la pell quan va sortir de la comissaria de Balmes amb el passaport acabat de fer, calentet com el pa! Feia una patxoca! Se sentia més important. No tothom tenia passaport a la seva edat!

Quan van sortir de l'agència per a estudiants, en Martí encara es veia més satisfet. Ja tenia els bitllets a la butxaca. Això ja estava fet!

—Martí, n'estàs ben segur? Si vols, tornem els bitllets i rumiem una altra cosa.

—Mare, ets una cagadubtes! Estic molt decidit! I no en parlem més!

En poques setmanes ja ho tenia tot llest, a punt de solfa! La documentació, les vacunes, els bitllets... I les enormes ganes de fer el viatge.

El dia de sortida, a l'aeroport, la Clàudia i la Mont eren les dues úniques persones que havien anat a acompanyar-lo. No necessitava ningú més. Eren les dues dones de la seva vida.

En cap moment en Martí no va demostrar com se sentia d'atabalat. Semblava la persona més segura de l'aeroport. Potser si no hagués vingut la Mont, no hauria fet un paper d'heroi tan exagerat.

La Clàudia va treure de la bossa de mà un paquetet ben embolicat:

—Té, Martí, és un diari perquè hi escriguis tot el que vulguis!

—Gràcies, mare, però saps que no m'agrada escriure.

En Martí va obrir el paquet amb posat nerviós. El diari duia gravat el seu nom.

—És preciós, mare!

—No et deixis la motxilla a l'avió, que hi portes els bitllets i la càmera! —insistí la Clàudia intentant no posar-se trista.

—Mare, no comencis, que jo no em deixo mai res! —protestà en Martí.

—Envia'm una postal quan siguis a Indonèsia. Portes l'adreça de Canterbury, suposo… I recorda que has de posar el meu nom ben clar, que, si no, no l'entendran! I posa també que sóc del curs d'estiu, que allí hi ha molts estudiants! —li recordà la Mont fent-li un tímid petó a la galta.

—És clar que la duc, l'adreça de la High School. La porto a l'agenda —digué en Martí assenyalant la motxilleta que tenia a la mà.

En realitat en Martí no sabia ben bé on tenia l'agenda, si a la motxilleta o a la maleta de cuiro, però segur que la portava.

—I tu, envia'm missatges al telèfon de la meva tieta, que ja et contestaré de seguida que pugui! —afegí en Martí posant-se a l'esquena la motxilleta on ho duia tot: adreces, telèfons, un llibret sobre Indonèsia, el mòbil, la càmera fotogràfica, vint paquets de xiclets, diners —uns quants dòlars per si de cas— i un clauer amb osset de peluix incorporat que li havia regalat la Mont i que segur que li portaria sort.

—Vés amb molt de compte! —aconsellà la mare amb molta integritat mentre abraçava fortament el seu fill. En aquell moment es penedia de tot, i l'última cosa que volia era separar-se del seu Martí, però no li ho volia pas demostrar. No trobava oportú ni correcte fer-li un número en aquell moment, davant la Mont i enmig de l'aeroport.

—Ja saps què has de fer quan arribis a Amsterdam. Tens els telèfons de contacte d'en Ben i la Núria. M'han dit que t'esperaran a l'aeroport. Són molt bona gent. Tu ja els coneixes! —recordà la mare per enèsima vegada.

—Sí, m'ho has repetit tantes vegades que no sé si me'n recordaré —va dir en Martí fent broma.

—Estarem en contacte! Després de l'estiu tindrem moltes coses per explicar-nos —digué la Mont fent-li una llampant mirada i abraçant-lo després d'un tímid i ràpid petó als llavis.

En el moment en què hagué de separar-se de les dues dones de la seva vida, decidí no mirar més enrere, perquè sabia que es posaria trist! Volia demostrar fins al final que ja era un home i que no s'emocionava fàcilment, però tenia els ulls plorosos.

Passà pel control de duanes, molt decidit, ensenyà la targeta d'embarcament a un empleat uniformat i recollí la motxilla, que havia passat per un «túnel» de comprovació.

Una hostessa el portà fins a la porta d'embarcament passant per les múltiples botigues «lliures d'impostos» que hi havia tot al llarg del recorregut.

En Martí no ho entenia, això de «lliures d'impostos», perquè els preus que marcaven els productes li semblaven molt més alts que els de la botiga de la cantonada de casa.

Encara va tenir temps de comprar-se uns quants xiclets, per si de cas.

Segona part
Amsterdam

1 (*Een*)
La Venècia del Nord

El vol Barcelona-Amsterdam, que durava dues hores, li va semblar curt. Entre el dinar-esmorzar que li van servir i la pel·lícula que li van passar, una estrena de feia pocs dies, no va tenir ni temps de mirar per la finestreta.

A l'aeroport de Schiphol, Amsterdam, l'esperava un amic de la Clàudia. En Martí estaria amb ell i la seva família durant un parell de dies, a casa seva.

—Ets en Martí, oi? —preguntà per assegurar-se'n un home jove, amb cabells arrissats, xuclat de cara, però amb uns ulls blaus com la mar Mediterrània. Un holandès, en definitiva, de cap a peus, llarg i prim, que vestia amb pantalons texans i jaqueta esportiva.

—Sí. I tu ets en Ben, oi? —preguntà també amb una seguretat d'home dret i fet.

—Has tingut bon viatge, Martí?

—Sí, gràcies. M'ha semblat un viatge curt de tan de pressa com hem anat —contestà molt educadament en Martí.

—Vinga!, anirem a casa, que segur que tens gana —digué en Ben mentre sortien per la gran porta de l'aeroport i agafaven el Volvo, aparcat en un lateral de l'avinguda.

En Ben era una persona molt amable i amb una veu que et donava molta seguretat. Treballava com a tècnic de so i professor d'universitat i era molt bo en la seva professió. Parlava en un català d'estar per casa, perquè només el practicava quan venia a Catalunya, i això ho feia un cop a l'any, a l'estiu, a casa de la seva dona, la Núria.

La Núria era del mateix poble on anaven a estiuejar en Martí i la Clàudia. Mentre feia l'especialitat de medicina, a Amsterdam, havia conegut en Ben i s'hi havia casat. Vivien al mateix Amsterdam, en una barriada molt típica, prop de l'Amstel Chanel, el canal principal del riu Amstel, el riu que dóna nom a la ciutat.

—*Dam* vol dir 'dic' en holandès; per això *Amsterdam* és 'dic del riu Amstel' —explicà en Ben mentre pujaven les llarguíssimes escales que portaven al pis de la parella.

La casa era típica d'Amsterdam: alta i estreta, amb un munt d'escales i amb finestres molt grans per recollir la poca llum que tenen tot l'any.

—La mare m'ha donat molts records i un regal per a la Marlène i la Mareja, perquè llegeixin.

—Gràcies, Martí. Justament ara la Marlène comença i està molt motivada per llegir tot el que troba al seu pas —agraí la Núria, contenta de tenir algú amb qui parlar català, perquè, encara que ho fes amb les seves filles i una mica amb en Ben, no era el mateix.

—Vols que demà et portem a veure una mica Amsterdam? Què t'agradaria veure, perquè tampoc no hi ha temps de veure-ho tot...? —preguntà en Ben mentre li oferia una taronjada i unes galetes de mantega.

—Digues-ho tu, que jo no ho sé.

—Bé, en parlarem mentre dinem, què et sembla? —preguntà en Ben.

—Però si són les dotze! —exclamà tímidament en Martí, que havia estat menjant un entrepà que li havia preparat la seva mare i no havia comptat de dinar tan d'hora.

—No t'amoïnis, que aquí no tenim el costum de dinar com a Catalunya —replicà en Ben tot divertit per l'expressió estranyada d'en Martí.

—No fem dos plats i postres. Generalment només fem un plat —afegí la Núria, que ja havia parat taula.

En Martí degustà un típic dinar holandès, el seu primer àpat fora de casa.

—D'aquest tipus de dinar, en diem *koffietafel* perquè consisteix en llesques de pa amb mantega, formatge, carn i ous, i cafè...; però, en lloc de cafè, pots beure suc de gerds —digué la Núria oferint-li una gerra de suc de fruita del color del raïm.

Continuaren amb el tema de les visites i en Martí dubtà un moment, però de seguida preguntà molt decidit, com si no ho sabés del cert:

—Oi que aquí hi va viure l'Anna Frank?

—Sí, i la casa on es va amagar durant la guerra l'han convertida en un museu que es pot visitar.

—I què et sembla també una volta pels canals? —preguntà en Ben.

—Doncs m'agradaria molt, seria com en les pel·lícules!

—I el Museu Van Gogh? —afegí la Núria—. És instal·lat en un edifici modern al costat d'un dels museus més importants d'Holanda.

—El Rijksmuseum, ja ho sé, m'ho va dir la mare.

—I per ambientar-te, què et semblaria una volta per l'Artis?

—Què és això? Una discoteca holandesa típica? —preguntà en Martí divertit.

—Ja ho veuràs. Serà una sorpresa! —contestà en Ben sense donar detalls.

2 (*Twee*)

De museus

Després de fer una volta pels canals d'Amsterdam en un vaixell tancat, tot de vidre, asseguts en unes cadires al voltant d'una tauleta, com si fossin en un bar, i admirant les cases patrícies, que són les cases més típiques d'Amsterdam, altes i plenes de color i finestres, van baixar prop del mercat flotant de flors.

—Si tornés ara mateix a Barcelona, compraria totes aquestes flors tan boniques a la mare. A ella li encanten! —exclamà en Martí amb una mica d'enyorança.

Després d'admirar les pintures de Van Gogh, que van impressionar moltíssim en Martí, van fer una breu passada per les sales més emblemàtiques del Rijksmuseum, sense oblidar la pintura més important, *La ronda de nit*, de Rembrandt, la qual tenen al mig d'una sala grandiosa, ocupant un pany de paret sencer.

—Aquesta pintura és la més coneguda del museu?

—Sí. Es diu *La companyia del capità Frans Banning Cocq*, però tothom la coneix per *La ronda de nit*. Pensa que Rembrandt és la màxima figura de l'art holandès!

—Doncs jo no sé què li veuen! De gran sí, que n'és, però la trobo molt fosca… i plena de gent!

La visita a la casa on va viure Anna Frank durant la guerra va ser la més esperada. En Martí s'havia llegit el diari d'Anna Frank a l'institut i estava emocionat de poder visitar el lloc on van estar amagats l'Anna i la seva família, juntament amb una altra família que tenia un noi.

Per fora la casa era com les que havia vist pels canals, però, un cop a dins, quan traspassà la porta secreta, darrere una prestatgeria, allò va ser massa per a en Martí.

Tenia la sensació que revivia la pel·lícula que havien vist en vídeo a l'institut. S'hi assemblava tant! Potser la van fer allí mateix!

Anava pujant les escaletes i anava reconeixent les diferents estances que sortien en el llibre.

—Aquí és on dormia l'Anna! I aquí, la seva germana. I aquest és el lavabo, que petit! I, per aquí s'anava a les golfes —en Martí anava comentant i anava recordant fragments del llibre i de la pel·lícula.

—Sí que t'ho saps bé, tot això! —deia admirada la Núria.

—És que he llegit el llibre aquest any per a l'assignatura de llengua i m'ha agradat molt —explicà en Martí, mentre passaven pel menjador, en el qual el pare de l'Anna feia classes a les seves dues filles.

Per fi arribaren a la part del museu pròpiament dita. A la primera sala hi havia quatre televisors: en el primer passaven la pel·lícula antiga, en blanc i negre, d'Anna Frank, en els altres dos feien l'obra de teatre d'Anna Frank, de dues companyies de teatre diferents; en l'últim hi sortia un reportatge que van fer al pare d'Anna Frank quan va tornar a Amsterdam després de la guerra.

A la segona sala només hi havia tres vitrines: en la primera s'hi exposava el diari d'Anna Frank, el mateix diari que va escriure durant la seva estada a l'amagatall. En l'altra hi havia el segon llibret d'apunts i els contes que també va escriure!

En Martí no s'ho podia creure: quina lletra tan preciosa que tenia l'Anna! I que net que tenia el diari; sense gargots ni taques, i segurament sense faltes... això és el que suposà en Martí, però evidentment no ho podia saber perquè era escrit en alemany i en holandès!

El diari d'Anna Frank li va fer recordar el diari que li havia regalat la mare abans de marxar i s'emocionà. I si ell feia el mateix i escrivia les seves coses per recordar-les tota la vida? Potser un dia també el tindrien en una vitrina com aquella! En Martí somrigué per dins, en adonar-se de les idees que li passaven pel cap!

En la tercera vitrina hi havia totes les primeres edicions del diari en moltíssimes llengües: francès, anglès, italià, català, castellà, noruec, suec, grec, portuguès...

A la planta baixa va comprar unes postals per a la Mont i la seva mare (eren de la prestatgeria per on s'entrava a l'amagatall) i va fer un parell de fotos a l'entrada de la casa com a record (no li van deixar fer cap foto de dins).

En Martí tenia pensat fer un àlbum de totes les fotos que faria en aquell esperat viatge, un viatge que, creia ell, seria ple de vivències inoblidables.

3 (*Drie*)

A l'Artis!

Arribà el moment d'anar a l'Artis. En Ben i la Núria l'hi van portar sense explicar-li què era, però mentre viatjaven en el tramvia número 25, un trajecte de vint minuts des de casa, en Ben acabà per cedir:

—L'Artis és el zoo d'Amsterdam. És el més antic d'Europa. Hi veuràs un munt d'animals, més de sis mil... —informà en Ben.

—A nosaltres no ens agrada veure els animals en gàbies, i sé que a tu tampoc, però s'aprenen moltes coses sobre els costums dels animals i també s'aprèn a estimar-los i a respectar-los —afegí la Núria mirant-se la Marlène i la Marije, que estaven molt contentes de tornar al zoo.

En Martí havia visitat algunes vegades el zoo de Barcelona, però hi va haver dues coses que el van sorprendre moltíssim al zoo de l'Artis.

Tots els animals tenien una casa per a l'estiu, a l'aire lliure, per passejar i gaudir de la fresca, i una per a l'hivern, en un lloc tancat i preparat per no passar fred durant el rigorós i plujós hivern, amb estufes i radiadors. En Martí suposava que això existia en tots els zoos, però la novetat era que els visitants hi podien entrar i contemplar els animals sempre darrere unes reixes de protecció, és clar.

Després de visitar els elefants, van entrar a veure les girafes.

Casualment, la girafa del zoo havia tingut una girafeta feia unes setmanes.

—Que petita que és, comparada amb la seva mare! —exclamà en Martí.

—I més encara si la compares amb el seu pare, que és al costat!

—Mai no havia vist una girafeta de tan a prop!

Quan sortien del recinte de les girafes, van veure una munió de gent que es dirigia cap a un punt del zoo, precisament davant el sector dels lleons. En Martí i els seus amics hi havien passat feia poca estona i no hi havien vist res d'anormal.

—Què passa? Que es barallen, potser?

—És l'hora de l'àpat —contestà en Ben a la pregunta que li havia fet en Martí.

L'hora dels àpats era tot un espectacle. Hom podia veure com el gran lleó de la selva s'anava menjant un grapat de costelles sagnants, ajagut sobre un rocam de ciment del recinte, on també hi havia dues lleones fent el mateix, però sense tanta voracitat.

En Martí s'hi va estar una bona estona, mirant-se'ls. No hi estava acostumat, a veure'ls de tan a prop. Això només ho havia vist als documentals, i no era el mateix.

—Que no ho havies vist mai, com mengen els lleons?

—A Barcelona no es pot veure com mengen els animals, però no sé per què. Sempre els donen el menjar quan el zoo és tancat —digué el noi, encantat a la barana.

L'aquari, que era instal·lat en un edifici molt peculiar, va entusiasmar també en Martí.

—Mira quines morenes, són lletgíssimes! Fixa't! És un peix amb potes!

Després de sortir de l'edifici, que recordava les pel·lícules antigues, la Núria proposà d'anar a la cafeteria, un edifici molt lluminós, que era al costat d'unes cascades d'aigua, en el mateix zoo.

—Què vols per menjar? Jo et recomano una *saucijzebroodje*, que a les meves filles els agrada força quan surten de passeig.

En Martí no va dir que no. S'havia proposat de tastar menjars nous per agafar una certa «cultura culinària», expressió que utilitzava la Mont quan en Martí li proposava d'anar a algun Mc Donald's de torn i ella s'hi negava.

Després de menjar-se la salsitxa típica, coberta amb una pasta de full, i de degustar unes postres boníssimes, es begué un te, imitant els seus amics, amb molt de sucre.

La Marlène i la Marije es miraven divertides les festes que els feia en Martí. Com que no tenia germans i mai no havia tractat amb nens petits, aquell parell de ninetes van caure-li molt bé, i es divertia jugant amb elles. Quan ja les tenia força esverades, la Núria va posar pau i proposà de fer un últim tomb pel zoo.

—Vols que anem a veure els primats? Així t'aniràs ambientant, que d'aquí a un parell de dies ja hi seràs!

Quan van entrar en el recinte, van coincidir també amb l'àpat dels ximpanzés, però l'espectacle va ser molt diferent.

L'àpat dels lleons, menjant en solitari, cada un al seu racó, en silenci, no tenia res a veure amb l'àpat dels ximpanzés. Tot eren baralletes per un plàtan o per un tros d'enciam. No paraven de fer voltes i de pujar i baixar.

En Martí no ho va veure gaire bé perquè tothom era davant seu, acaparant els barrots.

—És esgarrifós el xivarri que fan! —exclamà la Núria mentre eixugava les manetes de la Marlène.

—Segons com t'ho miris, no pots saber qui és darrere els barrots, si ells o nosaltres! —comentà en Martí veient el comportament de segons quines persones.

El canvi que es produí en el noi va ser radical quan finalment entrà en el recinte tancat dels orangutans, on, per cert, no hi havia ningú.

Caminà molt a poc a poc fins que es trobà davant per davant de la gàbia. Li costà uns segons de reaccionar. Es posà trist, molt trist, de veure un parell d'orangutans joves enfilats en unes cistelles metàl·liques, quiets, sense fer res.

Bé, sense fer res és una manera de dir, venint de la gàbia dels ximpanzés, que no paraven ni un moment!

L'un semblava que s'estigués rascant la panxa i l'altre jugava a amagar-se sota una bossa grossa de paper. Es limitaven a mirar, però no feien cas de res ni de ningú, i les seves cares semblaven tristes, extremadament tristes i resignades.

Al fons, a sota uns taulons, s'endevinava una altra figura, molt més grossa. Devia ser el mascle adult, que en Martí no va poder veure del tot perquè no sortí en tota la llarga estona que s'estigué palplantat davant la gàbia, a una certa distància per respecte als animals.

—No et posis trist, Martí, que aviat els veuràs en llibertat, en plena selva. Això sí que és tenir sort! —digué la Núria per animar-lo.

Aneu a saber què li passava pel cap, perquè no va fer cap comentari, ni tampoc va dir res a les nenes. Tant en Ben com la Núria compartien el sentiment que havia envaït el cor d'en Martí.

Tots semblava que resessin davant l'àmplia i fosca gàbia, almenys és el que devia pensar la parella que decidí entrar al recinte.

—Quina fila que fem tots plegats! —acabà per dir en Ben per tal de trencar aquella tristor, i pujà a collibè la Marije, la més petita.

—Sí, és millor que marxem. Ha estat massa depriment —digué la Núria agafant molt fort la mà de la seva filla Marlène i la d'en Martí.

En Martí se sentí molt reconfortat per aquella parella tan amable i tan sensible i s'estigué tot el trajecte del tramvia ensopit. Pensava en els orangutans del zoo, però també pensava en la bonica feina que feia la seva tieta i la cara li anà canviant lentament.

4 (*VIER*)

RUMB A BORNEO!

En Martí havia fet aquella parada tècnica de dos dies no pas per fer turisme, encara que ho podia semblar, sinó per una altra raó més pràctica. La seva mare havia lligat molt bé el viatge del seu fill i en Ben l'havia ajudada en l'organització.

Una amiga d'en Ben, hostessa de vol en les línies aèries de la KLM, havia de cobrir el vol Amsterdam-Djakarta dos dies més tard...

La Núria i en Ben van fer les presentacions en arribar a l'aeroport, a la zona de personal de l'aeroport:

—Aquesta és la Bàrbara, farà el mateix viatge en el mateix avió que tu. No sap català, però us entendreu en castellà o anglès.

—Hello!... Hola, Martí! —començà a dir la Bàrbara—. *Me harás compañía durante el viaje, ¿vale?*

—Bé, OK —contestà en Martí.

Entre una cosa i l'altra, ja havia arribat l'hora de la veritat i en Martí estava molt emocionat.

—Fins aviat, Martí! Ens ha agradat molt tenir-te entre nosaltres. Les nenes s'ho han passat molt bé amb tu... —li digué la Núria fent-li tres petons, a la galta dreta, a la galta esquerra i a la galta dreta.

—Espero que tornis un altre cop, encara hi ha moltes coses per veure...! —digué en Ben, que li havia agafat afecte.

En Ben també li va fer tres petons. Un costum dels holandesos, que en Martí no coneixia, era que entre els amics i la família, quan es trobaven o quan s'acomiadaven, no es feien un petó, sinó tres!

En Martí estava realment molt agraït i va prometre que tornaria un altre cop, però aquella vegada acompanyat, o de la mare o d'alguna amiga...

En Martí va tenir una sorpresa que no s'esperava quan entrà a l'avió.

La Bàrbara, l'hostessa, el va fer pujar abans que els altres passatgers, mentre enllestia els últims detalls, i el deixà entrar a la cabina del pilot. Quin privilegi!

—Et presento el capità de l'avió, en Willem. És un dels millors pilots d'Holanda —digué la Bàrbara en castellà, i continuà en anglès—. Aquest és en Martí, un amic de Catalunya que se'n va a Borneo amb la seva tieta a passar les vacances.

Dues hores més tard sortia l'avió (un Boeing de la KLM) de l'immens aeroport d'Amsterdam.

—Després del sopar, passarem una pel·lícula de l'Arnold i podràs connectar el walkman que repartirem... —l'informà la Bàrbara.

Dotze hores d'una tirada fins a Singapur no eren fàcils de passar, però en Martí, amb les sabatilles que li oferiren per anar més còmode i amb el walkman connectat a una cadena musical, es quedà mig adormit fins que la Bàrbara l'avisà que s'havia de cordar el cinturó.

Tercera part
Borneo

1 (*Satu*)

Parada a Djakarta

—Ja arribem? —preguntà en Martí, que havia dormit bona part del trajecte i que no entenia com podia estar tan cansat.

—No encara. De moment arribem a Singapur. Hi pararem una hora i, sense moure'ns de l'avió, anirem cap a Djakarta, la capital d'Indonèsia —digué l'hostessa en castellà.

En Martí, mentre es cordava el cinturó, pensava que sort en tenia, del walkman i de la *game-boy*, perquè mai no s'havia estat assegut tantes hores seguides... Val a dir, però, que totes les hostesses de l'avió, que sabien que era el seu primer vol llarg, van tenir sempre cura d'ell i no el van deixar que s'avorrís.

A última hora de la tarda, un cop a Djakarta, la Bàrbara el va acompanyar a l'hotel on passaria la nit, que era situat als voltants de l' aeroport.

—Això del canvi horari és una tabarra! M'he passat el viatge dormint i ara sant tornem-hi! —comentà en Martí a l'hostessa, que se'l mirava amb cara divertida.

El taxi es ficà per una carretera atrotinada, amb barraques de fusta i cartró a banda i banda. S'estava fent fosc i el camí només era il·luminat pels fars dels cotxes.

—Aquí no hi ha enllumenat a la carretera. Sembla que, en lloc d'una ciutat, siguem als afores d'un poblet perdut! —exclamà en Martí, que alhora es dedicava a observar totes aquelles precàries barraques que havia vist en els reportatges de la televisió.

—Què són aquestes casetes de platja? Com és que no tenen portes? —preguntà en Martí.

—La gent hi viu i també les utilitza de botiga, on pots comprar el que vulguis a qualsevol hora del dia o la nit —li digué la Bàrbara.

Ara ja entenia com s'ho feien, per tancar la botiga. Senzillament, no la tancaven!

Quan van arribar a l'hotel, il·luminat per quatre fanals i ubicat enmig de camps selvàtics, en Martí es va pensar per un moment que ja havia arribat a la selva. Per les parets blanques de l'edifici de dues plantes, envoltat per un filat elèctric, uns animalons descansaven sota la dèbil il·luminació. Eren una espècie de dragons, però tan grossos i tan diferents dels que coneixia, que en Martí no s'estigué de fotografiar-los. El conserge de l'hotel se'l mirava amb cara estranyada mentre en Martí es dedicava a fer fotos i més fotos.

La Bàrbara i en Martí, després de deixar el bagatge, se n'anaren al menjador de l'hotel. Eren els únics comensals aquell vespre i tenien quatre cambrers que es passejaven per l'àmplia sala, on hi havia molt poca il·luminació.

En Martí demanà un plat, després de mirar-se la breu carta del dia, i féu una exclamació que se sentí fins a la recepció de l'hotel. De seguida van acostar-se dos cambrers i el conserge tragué el cap per la porta de l'estança.

—Una rata!

La Bàrbara dirigí la vista cap a les potes de la taula que hi havia davant i somrigué.

—No cridis tant, que pensaran que has vist un monstre!

—És una rata, i grossa!

La rata grisa desaparegué per la porta de la cuina i el conserge, per l'altra porta.

Els dos cambrers es van quedar mirant en Martí i la Bàrbara i digueren en un anglès molt dolent:

—No és perillosa. Aquí n'hi ha moltes!

La Bàrbara es disculpà pel crit d'en Martí i demanà el compte. En Martí es deixà l'arròs amb unes verduretes vermelles pel voltant perquè de sobte havia perdut la poca gana que portava de l'avió.

—Intenta dormir aquesta nit, que demà de bon matí et vindran a buscar —va dir la Bàrbara.

Poca cosa va veure en Martí de la gran ciutat asiàtica, però sí que va experimentar una gran sensació de calor, d'una calor xafogosa que no es trauria de sobre en tota l'estada a l'Orient.

A en Martí també se li van omplir els narius d'una olor estranya i molt forta. En tot l'aeroport i a l'hotel, se sentia una dolça olor d'espècies... (més tard descobriria que era l'olor típica de les cigarretes indonèsies anomenades *kretek*, que porten l'espècia responsable d'aquesta olor: el clau).

2 (*Dua*)

Semarang – Pangkalan Bun

De bon matí, a les sis, el vingué a buscar un representant d'una agència de viatges, contractada per la tieta Rosa, per ficar-lo en un altre avió. Una hora més tard arribaria a Semarang, una ciutat de l'illa de Java.

En Martí viatjava en primera classe i seia amb passatgers de corbata, molt callats, amb ordinadors personals. L'avió, que era més petit que l'anterior, anava ple de gent del país, que no parlava anglès, i, a sobre, el menjar que li van donar era d'allò més estrany. L'única cosa que va reconèixer fou l'arròs.

Sense esperar gaire estona, el van fer pujar en un altre avió molt diferent d'aquells en què havia pujat.

L'avió que volava de Semarang a Pangkalan Bun tenia una cabuda de 30 passatgers. La sensació de volar en un aparell antic i petit, amb pocs viatgers i un munt de paquets i caixes que s'apilaven entre els seients i a la zona del lavabo, començava a semblar una aventura.

Abans de sortir de l'illa de Java, l'avió sobrevolà uns quants volcans els cràters dels quals sobresortien d'entre els núvols baixos que formaven una gran catifa blanca. En

Martí va fer una dotzena de fotos a través de la finestreta, pensant que potser guanyaria un concurs de fotografies si li sortien bé!

En Martí no desenganxà el nas de la finestra en tot el recorregut, que es feia sobre un mar valent i blau, el mateix mar que els pirates de Java solcaven durant els famosos abordatges en temps immemorial.

A penes en tres quarts d'hora, l'avió sobrevolava la selva, la famosa selva a la qual la seva tieta havia dedicat tant de temps i tantes il·lusions! Era impresssionant veure tant de verd i cap lloc per aterrar! Quin misteri! On dimoni aterraria la nau?, perquè com a mínim necessitaria una pista!

De cop i volta, en Martí albirà una minipista enmig de la selva, alhora que sentia com l'avió perdia alçada. Mai no podria explicar aquell munt de sensacions. Semblava que visqués una pel·lícula d'acció, de la qual ell mateix era el protagonista absolut!

En posar els peus a terra, per fi, en Martí notà un pessigolleig a la panxa, que de seguida li va passar en sentir la veu de la seva tieta.

—Hola, Martí! —va exclamar la Rosa, feliç de tornar a veure el seu nebot.

—Hola, tieta! —digué en Martí esperant alguna reacció.

—Que no em fas un petó? O és que ja no s'estila, a Barcelona? —preguntà amb un somriure entremaliat la Rosa.

En Martí tenia unes ganes boges d'abraçar la seva tieta, però li feia una mica de vergonya que la Rosa descobrís que se sentia molt emocionat. La Rosa arreglà la situació fent-li una abraçada molt llarga.

La Rosa l'havia anat a rebre a l'aeroport de Pangkalan Bun, un edifici petit que no tenia res a veure amb l'aeroport de Barcelona, amb una camioneta atrotinada, coberta de pols.

—Tieta, d'això en dieu un aeroport? Sembla la casa dels barrufets!

—Doncs és l'únic aeroport de la zona, de manera que, si no t'agrada, pots tornar nedant! Espera... que quan pugis al tot terreny que porto...! —digué la tieta fent broma.

Vint-i-cinc minuts de carretera separaven l'aeroport del poble de Pasir Panjang i deu minuts més, aquest lloc de la clínica. A banda i banda s'estenia una zona blanquinosa, com si algú s'hagués entretingut a abocar-hi sal.

—Tot això que sembla neu, què és, tieta?

—Doncs és la mà de l'home, Martí.

—Què vols dir? No t'entenc...

—Aquí fins fa molt poc hi havia selva. Ja t'ho explicaré en un altre moment perquè ja hem arribat!

3 (*Tiga*)

En Martí arriba a la clínica

En Martí estava molt cansat, perquè entre una cosa i l'altra havien passat gairebé dos dies des que va deixar Amsterdam, descomptant les sis hores de diferència horària (quan a Barcelona o Amsterdam són les sis de la tarda, a Borneo són les dotze de la nit).

La Rosa somreia, veient-lo tan endormiscat, i li va explicar que el que tenia era molt normal. Se'n deia *jet lag*, i era una expressió que definia els trastorns de son en trajectes interoceànics amb avió.

La Rosa li anava fent comentaris mentre travessaven el poblet, amb unes cases de fusta que recordaven els xalets de les pel·lícules. Eren molt velletes, tan velletes que en Martí no entenia com s'aguantaven dempeus.

Després de passar per l'únic camí asfaltat de Pasir Panjang, un camí sense voreres i ple de sots, van arribar a la clínica, on la Rosa tenia el seu centre d'operacions, i mai més ben dit.

—Estàs molt acalorat, oi? —preguntà veient en Martí amarat de suor.

—No gaire...! —mentí fent el dur.

Quina calor que arribava a tenir en Martí! La tieta ja hi devia estar acostumada, perquè no suava pas com feia ell.

—I tu, tieta, no tens calor? —preguntà en Martí per saber si era l'únic.

—És clar que sí! Però ja no la sento. Ara que, amb 35 graus i un 100% d'humitat, qui no té calor!

La tieta, durant el trajecte, li havia anat explicant coses molt interessants, però en realitat en Martí només tenia ganes de beure una taronjada i de banyar-se.

Al final d'un mur baix, hi havia l'entrada i la caseta del guarda, el qual aixecà la barra de seguretat perquè pogués entrar el vehicle.

La clínica consistia en tres edificis blancs, d'una sola planta, com les cases del poble, amb una teulada de maons vermells que li donava un aire molt tropical.

Al voltant i a pocs metres, hi havia un bosc que semblava haver sofert una devastació forestal.

—En aquest petit tros de selva hi passen el dia els orangutans que estan en procés de rehabilitació. Juguen i mengen, i els agraden molt les fruites i les fulles d'aquests arbres. Ja ho comprovaràs de més a prop tu mateix —informà la Rosa mentre entraven a l'edifici posterior, on tenia la seva habitació i el despatxet.

—Si vols rentar-te una mica abans de sopar, és la segona porta de la dreta.

En Martí deixà la motxilla i la bossa a l'habitació del costat de la tieta, on hi havia un armari i un munt de paquets sense desembolicar, amb medecines i bolquers.

—Són per als orangutans petits. Fins que no són una mica grandets, els bolquers van de meravella quan tenen diarrea. Per cert, ¿que en saps, de canviar bolquers? Les mares t'ho agrairan, si les ajudes a posar-los-els —preguntà la Rosa, amb cara de pilleta, esperant la reacció d'en Martí.

—Les mares? Les mares posen els bolquers als seus fills?

—Sí, és clar. Et parlo de les mares adoptives! Són noies *daiaks*, que treballen a la clínica i que fan de mares dels orangutans més petits.

—I fins quan? —preguntà en Martí molt interessat.

—En estat salvatge viuen amb la mare fins als vuit anys, que és quan s'independitzen.

—Tan tard?

—A vegades és abans, quan coincideix que la mare té una altra cria; aleshores els orangutans s'independitzen per força, no pas per pròpia voluntat —aclarí la Rosa sense més explicacions—. Va, afanya't, que és l'hora de dinar i no ens esperaran.

En Martí entrà al bany amb una tovallola i xancletes, disposat a dutxar-se una bona estona sota l'aigua fresca…, però el que veié el desconcertà. Tornà a sortir, tal com havia entrat, i anà a buscar la tieta, que era al laboratori mirant unes proves.

—Tieta, només hi ha un safareig, ple d'aigua, i un pot… i un forat a terra. On faig pipí? On em banyo?

—És un bany típic indonesi. Amb el pot vas agafant aigua de la «basseta» i te la vas tirant per sobre… I el forat que hi ha a terra és el vàter, molt semblant als vàters antics.

T'acotxes... quan convingui i, per fer pipí, apuntes bé i llestos! —aclarí la Rosa, que amb prou feines podia aguantar-se el riure.

En pocs anys, aquestes cosetes que eren tan diferents de les occidentals ja eren normals per a la Rosa. Ja no notava la diferència.

La tieta aprofità per donar-li lliçons:

—Per als indonesis és molt important banyar-se. Com a mínim, ho fan dos cops al dia. El bany es diu *mandi*, perquè ho sàpigues.

En Martí, després de «mullar-se», perquè no aconseguí una altra cosa, es vestí amb una samarreta, uns pantalons llargs d'estiu i unes sandàlies, s'empastifà d'esprai antimosquits (tal com li havia recomanat la tieta) i sortí cap a l'edifici del costat.

La tieta li havia explicat que era millor portar pantalons llargs, perquè hi havia molts mosquits i moltes bestioletes, i portar sandàlies, perquè la norma era treure's el calçat sempre que entraves a les cases, i les sandàlies eren molt còmodes de treure i posar, i també perquè plovia sovint i les sandàlies de plàstic no es feien malbé.

La Rosa i unes noies *daiaks* l'estaven esperant, assegudes a terra i descalces, amb els bols ben arrenglerats sobre un tovalló.

—Us presento el meu nebot, en Martí —digué la Rosa en indonesi.

Totes saludaren amb un gest el nouvingut i esperaren que en Martí s'assegués, descalç, per començar a dinar.

—T'agrada l'arròs? —preguntà la Rosa, mentre li allargava un bol amb arròs i unes verduretes de coloraines.

—Sí, m'agrada molt el menjar xinès! Però així... no l'havia tastat mai!

—Doncs ja t'hi pots anar acostumant, perquè aquest és el plat de cada dia. Sempre mengem el mateix: arròs i verduretes. Jo ja n'estic bastant tipa, però és la base nutritiva dels indonesis.

—Ho dius de debò? —preguntà en Martí fent cara de no creure-s'ho.

—Bé, la fruita és boníssima. N'hi ha una, que en diuen *durian*, que fa molt mala olor, però té un gust molt bo i és molt preuada. Si m'hi fas pensar, podem anar al mercat del poble i comprar-ne. Costa 30.000 rúpies, uns tres dòlars, i madura cada dos o tres anys. Si tenim sort, d'aquí a pocs dies començaran a caure.

—A caure?

—Sí, però ja t'ho explicaré en un altre moment, que hi ha moltes coses a fer.

Després d'un àpat senzill, seguint els costums dels *daiaks* (mengen sempre a terra, sobre una estoreta feta de bambú que se'n diu *ratan*, no tenen cadires, ni coixins, ni tauletes, ni res que s'hi assembli, i mengen amb els dits!), la Rosa li va ensenyar les instal·lacions de la clínica.

En el segon edifici, sempre d'una sola planta, hi havia el menjador, les sales d'operacions i el laboratori. També era on es passava visita als animals malalts i on, si calia, també dormien, en el cas que estiguessin amb el gota a gota.

En la tercera casa hi havia les gàbies dels orangutans malalts, de més de 15 quilos, o en quarantena.

Tot era prou net i ordenat. Per dins les sales semblaven com les de Barcelona. Enrajolades, amb portes i sense cap moble, excepte la taula d'operacions i la taula del despatx.

Perquè en Martí se'n fes una idea, la Rosa va dibuixar en un paper la distribució del centre.

—Aquí hi ha el quiròfan. I, aquí la sala de raigs X. Al costat, els prequiròfans i el laboratori. I aquí, la sala de medecines i cures. Al fons, dues oficines i la sala de cures intensives —explicava la Rosa mentre anava assenyalant amb el llapis.

A part dels tres edificis, hi havia al bosc unes construccions de fusta on vivien els orangutans distribuïts segons el pes i la mida.

—Aquestes casetes són *pondoks*, que en indonesi vol dir 'cabana'. Hi viuen els orangutans. En aquest hi ha els orangutans que pesen entre 15 i 25 kg. En el segon hi viuen els que fan entre 10 i 15 kg. I en el tercer, tots els orangutanets que fan menys de 10 kg —explicava la Rosa fent-ne un croquis molt simplificat.

—I, els més petits, on són? —preguntà interessat en Martí.

—Aquests són els més petits —contestà de seguida assenyalant el quart *pondok*—. Tenen des de mesos a dos anys i són molt simpàtics, ja ho veuràs.

—Que petits que deuen ser! —exclamà en Martí.

—Ui, a vegades ens n'arriben uns de molt petitons, orangutanets d'un parell de quilos i sense dents!

—Però encara no he vist cap orangutan. On són? —preguntà en Martí—. Des que he arribat tampoc no he vist gaire gent.

—Doncs pensa que a la clínica tenim més de cent orangutans i més de cent persones treballant-hi. Són *daiaks*, un poble protomalai de Borneo, de parla indonèsia.

—M'hauràs d'ensenyar l'indonesi, tieta; si no, estaré sempre *in albis*!

—A Indonèsia hi ha més de 100 ètnies i totes tenen la seva llengua pròpia. Els *daiaks* són una d'aquestes ètnies, però hi ha més de 200 tribus *daiaks* per tot Borneo i cada una té el seu propi idioma, molt diferent dels altres.

—M'atabales amb tanta informació! I tu, en què parles, tieta? —preguntà en Martí una mica desonrientat.

—En *bahasa* indonesi, la llengua oficial d'Indonèsia. És la llengua que has d'aprendre per poder comunicar-te amb els *daiaks*. Va aparèixer no fa gaires anys per aconseguir tenir una llengua comuna, però encara hi ha tribus de l'interior que no la saben, perquè resulta una mica complicada.

—I què fan els *daiaks* per guanyar-se la vida? De què viuen?

—Els *daiaks* són agricultors… d'arròs, és clar! Treballen la fusta, el ferro i els metalls preciosos. Comprovaràs que utilitzen també la màgia. Són pobles molt supersticiosos i reten culte als cranis; per això practiquen la caça dels caps —continuà la tieta volent-hi donar un aire de misteri i de por.

—Em comença a agradar aquesta història. Me n'hauràs de parlar amb més calma perquè m'interessen els cranis. Ei, tieta, què és allò? —s'interrompé ell mateix, interessat, de sobte, per unes personetes que venien parsimoniosament, acompanyades dels cuidadors *daiaks*.

4 (*Empat*)

Primer contacte amb els orangutans

Mentre ells dos s'estaven davant la cabana, parlant amb el croquis a la mà i observant els *pondoks*, van començar a sortir del bosc els orangutans, que s'hi havien estat tot el dia i que ara en tornaven per sopar i dormir. Venien molt contents i sense presses.

En Martí no perdia passada de tot el que veia. Mai no havia vist tants orangutans junts. Li semblaven nens disfressats de tant com s'assemblaven a les persones! I, com més a prop, més.

En veure el nouvingut, s'hi van anar atansant, molt encuriosits. Es miraven en Martí, primer, i, en acabat, el tocaven amb la punta dels dits. I de seguida, veient segurament que no era perillós, li saltaven a sobre. S'hi enfilaven perquè en Martí els portés a coll... Un de grandet s'abraonà sobre les vambes d'en Martí i es dedicava a descordar-les-hi... Sort en va tenir dels cuidadors i de la Rosa, perquè ell no sabia com treure's aquelles bèsties de sobre!

—Vinga a les dutxes! —cridà un *daiak*, mentre els cuidadors s'emportaven els més grans per anar-los a rentar.

Els més petits, que no s'havien desenganxat en cap moment de les mares postisses, no es perdien l'espectacle.

Les mares adoptives s'encarregaven de les cries. Cada mare tenia a càrrec seu un orangutanet si eren molt petits, o dos o tres si eren més grans. S'estaven amb ells tot el dia i tota la nit. Un orangutan necessita la seva mare durant els set o vuit primers anys de la seva vida, i, com que aquells eren orfes, algú havia de suplir la mare morta.

—Vine, Martí, que és l'hora del bany —va fer saber la Rosa.

—Que m'he de banyar ara? —preguntà en Martí fent broma.

L'hora dels banys va ser d'allò més divertida. Al davant de la cabana hi havia uns gibrells amb aigua i unes esponges.

Les mares havien de banyar els animalons, però era una tasca difícil.

Els orangutans, a qui no agrada l'aigua i no se sap ben bé per què, s'arrapaven al coll de la *daiak* amb els braços i les potes, com si tinguessin por d'ofegar-se.

Quan per fi els tenien entre les cames, els petitons s'enganxaven com pegellides a les cuixes de les mares adoptives i, al final, mares i orangutans quedaven xops.

—Són molt divertits, tieta! —digué en Martí observant les pallassades dels primats.

—Què et sembla si anem a fer un mos? —aconsellà la Rosa, que ja l'estirava per un braç perquè en Martí semblava que estigués clavat a terra davant els orangutanets.

El sopar no va variar respecte del dinar, però en Martí se'l menjà amb ganes. I després la tieta i en Martí es reuniren amb alguns dels *daiaks* que es quedaven per xerrar i tocar la guitarra al porxo de la clínica.

En Martí s'uní a un grup de joves que van jugar un partit de vòlei a l'esplanada del davant.

A quarts de vuit tothom va començar a desfilar per anar a dormir. Eren persones molt rialleres i sempre et miraven somrient. No n'hi havia cap que fes cara d'indiferència. Tots semblaven molt contents que en Martí fos allí amb la doctora Rosa.

—Els indonesis sempre riuen perquè és part de la seva cultura. Encara que estiguin enfadats amb tu o t'odiïn a mort, mai no t'ho demostraran! —explicà la Rosa.

—Ara entenc per què somrius sempre! Perquè t'han encomanat la rialla! Tu que sempre has estat tan seriosa! —comentà divertit en Martí.

—Vinga, al llit, que demà tinc molta feina! —avisà la tieta, que en el fons reconeixia que era veritat.

En Martí dormiria a la cambra del costat de la Rosa —un matalàs a terra i una mosquitera eren tot el mobiliari, i una finestra que donava al bosc i per on es veien els *pondoks*.

—Però si encara no són les vuit! —rondinà en Martí—. Per cert, on és la meva habitació? No deu ser pas això, oi? —preguntà en Martí fent el despistat.

—Sí, AIXÍ és com dormen els *daiaks*, i AQUESTA és l'hora que se'n van a dormir perquè ens llevem a quarts de sis del matí! És la millor hora per passar revista als orangutans! —sentencià la Rosa, cansada de fer d'amfitriona del seu nebot—. A més, no estaves tan cansat i amb son? Els nens d'avui en dia aguanteu molt!

—Tieta! —exclamà en Martí guaitant per la porta.

—Què? —preguntà la Rosa.

—Que no sóc un nen, fa? Tinc tretze anys, per si no ho sabies!

—Martí!

—Què?

—De fet, els *daiaks* dormen sobre una estora de canya de bambú o de fusta posada directa a terra. No tenen matalassos...; per tant, no et queixis gaire... Bona nit.

5 (*Lima*)

Primer dia entre orangutans

L'endemà, per primera vegada en la seva vida, en Martí es llevà sense rondinar ni fer el ronsa. No es podia creure que a quarts de sis es llevés sense son, això sí, amb una calor que l'havia fet suar durant tota la nit.

—És qüestió de dies! T'hi acostumaràs, a la calor. A mi em passava el mateix al principi de ser aquí —explicà la Rosa mentre esmorzaven a terra (arròs i verdures i peix salat i fregit) amb dues *daiaks* molt somrients.

En Martí estava impacient per veure els orangutans, i la tieta no es va fer pregar. Li oferí una careta protectora, com la que porten els cirurgians.

—Hauràs de dur aquesta careta durant uns quants dies, Martí. És una qüestió de seguretat, per evitar contagis.

—Què vols dir? Que em poden encomanar alguna cosa greu?

—No, al contrari, per evitar que TU els contagiïs a ells. Véns d'una altra part del món i no sabem quins virus pots portar a sobre!

Un cop calçats, van anar a la sala de les gàbies interiors, on tenien els orangutans malalts. N'hi havia una desena, de gàbies. I de seguida van començar a treure el cap uns orangutans molt eixerits que només volien tocar la Rosa.

Amb molta paciència, la Rosa els anava saludant, com si fossin malalts d'un hospital, i els anava donant la medecina que tocava a cada un. En Martí no veia cap diferència entre ells i va trobar admirable que la tieta sabés els noms de tots aquells éssers tan iguals.

—Són molt diferents, ja ho veuràs. El nom el posem segons les circumstàncies. A vegades és el nom de la persona que l'ha portat, o de la cuidadora que li ha fet de mare, o del dia que l'han requisat... o del lloc d'on vénen.

La Rosa saludava els orangutans amb molt d'amor i els preguntava com havien passat la nit o si encara els feia mal la pota. En Martí veia visions!

Després de la visita a les gàbies interiors, la Rosa i en Martí passaren revista a les gàbies de quarantena.

—Aquests també estan malalts? —preguntà en Martí quan entraren en una sala més petita on hi havia quatre gàbies una mica més grans.

—Són animals que ens han arribat requisats per la policia. Tots els orangutans que arriben al centre han de passar obligatòriament un període de temps en observació, per no perjudicar els altres orangutans —aclarí la Rosa, mentre saludava i acaronava les mans que sortien d'entre els barrots.

—Com jo, vaja!, que d'alguna manera també estic en quarantena!

No havien acabat de passar revista, que se sentiren uns crits que venien de fora. Eren dos *daiaks* que semblaven molt esverats. Era el primer cop que en Martí veia un *daiak* sense somriure.

—Doctora Rosa! Doctora Rosa! —cridaven mentre corrien cap a les gàbies de quarantena.

Després d'un intercanvi de paraules de tres minuts, que en Martí no va entendre ni en broma, la Rosa es girà cap a en Martí i li preguntà:

—Vols venir amb mi a buscar un orangutan que han trobat enmig del poble de Pangkalan Bun o et vols quedar? —preguntà la Rosa sense donar-hi gaire èmfasi.

6 (*Enam*)

Wijaya

En Martí no dubtà ni un segon. Quines preguntes que feia la tieta!

El temps d'anar en Martí a buscar la càmera de fer fotos, la tieta ja sortia amb la maleta d'urgències cap a la camioneta. Tres *daiaks* carretejaven una gàbia cap al vehicle —el mateix amb què havia vingut en Martí de l'aeroport.

Segons més tard, sortien amb presses cap al poble de Pangkalan Bun, a pocs quilòmetres del centre. A la cabina hi anaven el conductor, la Rosa i en Martí.

A la part de darrere, al descobert, hi anaven els altres tres *daiaks*, al costat de la gàbia on havien de ficar l'orangutan perdut.

—Diuen que és un orangutan salvatge que s'ha instal·lat al mig del poble i està espantant la gent —explicà la Rosa al seu nebot—. Si no l'anem a buscar, la seva vida perilla.

—I d'on ha sortit? Com és que s'ha ficat al mig del poble? —s'interessà en Martí.

—És molt estrany que un orangutan salvatge surti de la seva selva. No coneixem les raons que fan que un orangutan reaccioni entrant en un poble, però cada dia hi ha menys selva per viure-hi i els orangutans ho noten. Són molt intel·ligents.

Els vint minuts que hi havia entre la clínica i el poble van ser llargs i en Martí no parà de preguntar:

—I què li fareu, a l'orangutan?

—Doncs l'anestesiarem per emportar-nos-el. Els salvatges no són fàcils d'agafar. Hi posen molts entrebancs, i no se'n refien gens, dels homes, sortosament.

—I com l'adormireu? Amb una injecció? S'ho deixarà fer? —en Martí s'interessava per tot aquell món nou i no parava de fer preguntes: semblava una metralladora.

—Doncs no! Com vols que s'ho deixi fer? Preguntes unes coses, Martí! Per a aquests casos, tenim un aparell molt eficaç que es diu sarbatana i que es fa servir per adormir els animals a distàncies curtes.

—I si són distàncies llargues?

—Quan són distàncies llargues utilitzem l'escopeta amb dards. Saps com són, les sarbatanes?

—És clar que sé com són! Són unes canyes llargues foradades. Bufes i ja està! —explicà en Martí, molt entès en sarbatanes perquè també les feia servir a l'estiu per fer punteria amb els amics, tirant uns pinyols que es deien lledons.

—No són ben bé així. No són de canya. Són metàl·liques i molt precises, si les saps fer servir. A l'extrem hi fiques un dard amb anestèsia i amb una bona bufada, en sec, el claves al lloc adient, a dalt la cuixa normalment, perquè l'animal no pateixi gaire i s'adormi al més aviat possible...

—Vols dir al cul, oi?

—Això mateix! Allà on hi ha més músculs...

A l'entrada del poble, uns *daiaks* que havien reconegut el cotxe assenyalaven amb el braç a la tieta Rosa el lloc on s'estava l'orangutan.

Més de dues-centes persones, entre homes, mares amb nens i avis, feien una rotllana ampla a uns metres de distància d'un enorme orangutan, que ben bé feia el doble d'embalum d'en Martí.

—Qui havia dit que era un orangutan petit? —preguntà intrigada la Rosa—. Però si és un mascle adult! Deu pesar més de setanta quilos!

Els *daiaks*, sense perdre temps, van baixar la gàbia de la camioneta, però, vist l'animal, resultava bastant petita.

La Rosa es va acostar al noi més baixet dels tres *daiaks*, que portava una sarbatana d'un metre de llarg, i va introduir un dard a l'extrem de l'arma.

—N'haurem de preparar un altre segurament, perquè el pobre està molt esverat. Té, aguanta el dard amb molt de compte!

En Martí l'aguantava com si portés una bomba a punt d'esclatar, sense treure la vista de l'orangutan, el qual fugia de la creixent munió de gent, que cada vegada cridava més. Portaven bastons, matxets i pedres, per defensar-se segurament del perillós orangutan.

El pobre animal començà a posar-se nerviós i, en la seva desesperada fugida, entrà en un fangar. Es movia pesadament i el *daiak*, que s'hi havia anat apropant sigilosament, aprofità l'avinentesa per clavar-li l'anestèsia, bufant la sarbatana, a la cuixa dreta.

L'orangutan, de seguida que sentí la punxada, es va treure la injecció amb un cop de mà i continuà caminant amb més lentitud però amb la mateixa determinació. Estava enrabiat.

Els tres *daiaks* aproparen la gàbia al fangar i la Rosa, amb l'ajut d'en Martí, carregà una altra anestèsia a la sarbatana.

En Martí no va dir res, de tan emocionat com estava, i se li il·luminà la cara quan la seva tieta es va acostar la canya a la boca i, sense vacil·lar, va repetir la mateixa operació del *daiak*.

El dard s'havia clavat a l'altra cuixa i aquest cop l'orangutan no trigà a deixar-se caure sobre la terra marronosa on, moments després, es quedà adormit.

—L'anestèsia no li deu haver fet efecte el primer cop, perquè s'ha tret el dard molt de pressa, oi? —preguntà en Martí.

—No ben bé. És un orangutan adult i amb un dard no n'hi ha prou. De fet, quan el dard entra, desplaça un plàstic que porta de protecció i immediatament surt el líquid de l'anestèsia per un forat del lateral, no pas per la punta.

—Vols dir que el líquid entra instantàniament, oi, tieta?

—Veig que aprens molt de pressa! Així m'agrada, perquè aprendràs moltíssimes coses, Martí... Si t'hi fixes, és clar!

La feina va ser ficar l'orangutan a la gàbia. Una gàbia un pèl petita per a un animal tan gros, però en aquell moment no en tenien d'altra. Entre els tres *daiaks* i la Rosa i, per descomptat, en Martí, van aconseguir d'aixecar els setanta quilos per ficar-los a la gàbia i, un cop dins, pujar la gàbia a dalt la camioneta.

—Li direm Wijaya, que és el carrer de Pangkalan Bun on l'han trobat i que vol dir 'victòria' en indonesi —traduí la Rosa a en Martí després d'intercanviar unes paraules amb el *daiak* de la sarbatana.

Tota la gent del poble es va quedar molt descansada, després de viure uns moments tan tensos, i tothom tornà cap a casa seva. L'espectacle s'havia acabat!

Els qui portaven les armes a la mà no semblaven gaire satisfets. Potser haurien volgut que s'acabés d'una altra manera.

La Rosa sí que estava satisfeta:

—Estic contenta perquè l'hem salvat d'una mort segura. La gent té molta por dels orangutans salvatges quan s'acosten massa a les cases.

—I ara què fareu amb en Wijaya? —preguntà en Martí mirant-se la tieta, l'heroïna, d'una altra manera, amb la sarbatana a la mà.

—Doncs d'aquí a pocs dies el tornarem a la selva. És un orangutan massa gran i salvatge, i no el podem tenir a la clínica. El que necessita és tornar a casa, amb els seus.

En tornar, després d'haver menjat arròs i verduretes per sopar, en Martí també va caure adormit al matalàs. Havia estat un dia ple d'emocions i, a sobre, la tieta li havia promès, després d'insistir una mica, que li ensenyaria a fer anar la sarbatana dels *daiaks*.

La Rosa li va explicar que les sarbatanes, els *daiaks* les utilitzaven per caçar, que eren més llargues, d'un metre i mig, i que eren totes de fusta foradada pel mig. El dard era fet amb una fusta lleugeríssima, com una ploma, i a la punta de la sarbatana hi havia com una llança en forma de fulla, metàl·lica, per rematar les víctimes en cas d'aproximació.

De tant en tant, es feien competicions de sarbatanes entre els *daiaks* i era molt emocionant veure com ho feien. Un art del bufar! Inclinaven la sarbatana cap endavant per tocar a terra i ficar-hi el dard; l'aixecaven a poc a poc cap enlaire, gairebé vertical; l'abaixaven lentament fins a la posició horitzontal, i... zum! Dard fora!

Segurament aquesta va ser l'última imatge d'en Martí abans d'adormir-se com un beneit, per la cara que feia.

7 (*Tujuh*)

La guarderia d'orangutans

L'endemà, a quarts de sis, en Martí ja era amb la Rosa passant revista als orangutans, però aquell dia tocava anar a veure els més petits, els nadons, i allò va ser de pel·lícula! Va acabar tot un rodet de fotos. Els més petits dormien en unes gandules, dintre les gàbies, l'un damunt de l'altre, i es tocaven el cap.

—Què fan? Que es treuen polls del cap?

—Això és molt rar entre els orangutans. No fan *grooming* com els ximpanzés o altres primats. No, només juguen, com nadons que són.

Les mares adoptives els donaven el biberó, però no era tan fàcil, perquè als nadons els agradava molt jugar i s'entretenien posant el biberó a la boca de la mare.

—Cada orangutanet necessita una mare, perquè demanen molta atenció, una atenció constant, com els nadons humans. Entre preparar-los biberons, canviar bolquers, portar-los al bosc perquè juguin i aprenguin a enfilar-se, les mares ja van ben servides!

En Martí es fixà en un orangutanet que es veu que tenia cagarines i portava bolquers com els bebès de l'anunci de la televisió.

—Fan molta gràcia quan caminen! Mouen el culet d'un cantó cap a l'altre!

Quan la Rosa els havia de pesar, no hi havia manera que s'estiguessin quiets a la balança, i els havien d'entretenir amb alguna cosa que els cridés l'atenció. Tot era vàlid: una llauna de Coca-Cola buida, un xiulet...

—En aquestes edats, no hi ha gaire diferència entre els nadons humans i els orangutans.

—Per què ho dius? Què tenen d'igual?

—Doncs que són gelosos, criden, riuen, tenen pessigolles, tenen por, s'enfaden...

—Sí, però no parlen!

—A la seva manera, jo crec que sí.

8 (*Delapan*)

La Rachel

Aquell dia tampoc no seria gaire tranquil, perquè un parell de *daiaks* van entrar a buscar la Rosa. Duien un nadó orangutan als braços. Era una femella.

Deien que l'havia portada la policia, requisada d'un poble dels voltants.

Tenia aspecte de no haver menjat durant hores i no s'aguantava dreta.

—Fa pena veure-la, amb aquesta cara tan trista, tieta. Què li ha passat?

—Doncs segur que van matar la mare i a ella se la van emportar per vendre-la a la ciutat. Però, com que és tan petita, se'ls devia estar morint i han preferit donar-la a la policia.

Mentre parlava, la tieta ja se l'emportava a la sala de quiròfan per fer-li una revisió general. Una de les ajudantes de la clínica preparà el sèrum per injectar-l'hi.

—Està deshidratada i, si no li donem aliment, no aguantarà fins demà.

—Vols que t'ajudi, tieta? La puc vigilar mentre dorm. És tan petita! Sense mare es pot morir, oi?

—Segurament. Necessiten el referent de la mare per sobreviure, però no t'hi amoïnis, que tindrà la Yuma com a mare mentre ho necessiti. És una noia molt maca i jove que la vigilarà fins que es posi bona. Dormirà amb ella dia i nit.

Després de posar la cànula intervenosa a l'animaló, la Rosa s'emportà en Martí cap a la sala del costat.

—Avui serà un dia molt atrafegat, Martí. Els *daiaks* que han vingut avui portaran un orangutan que han trobat ferit a la selva. Està molt greu i potser l'haurem d'operar.

L'orangutan ferit va arribar a mitja tarda en una gàbia i feia pena de veure. Tenia les mans en carn viva.

—Què li ha passat? —preguntà en Martí, en veure'l a la taula d'operacions un cop anestesiat.

—Segurament ha caigut en una trampa dels furtius. Preparen uns artefactes on els orangutans posen les mans i s'hi queden enganxats.

—Són unes trampes molt bèsties, tieta! La mà dreta no la té gaire bé, oi?

La tieta no contestà i es limità a posar-se la careta i la bata i s'esterilitzà les mans. S'apropà tot seguit a la taula d'operacions on jeia l'orangutan, envoltat de quatre ajudants que també estaven preparats.

En Martí no ho va poder veure gaire bé, enmig de tants caps; però, pel to dels comentaris que feien, l'operació no va anar bé. Feia massa dies que havia caigut a la trampa i se li havia gangrenat la mà.

Tot d'una, tothom es mobilitzà. En Martí no gosà preguntar on el portaven, però s'enfilà al darrere de la camioneta, al costat dels *daiaks* i de la gàbia amb l'orangutan. Arribaren a l'ambulatori del poble, on el doctor, que normalment es desplaçava a la clínica per fer la cirurgia, ja els esperava. Entre la Rosa i el metge serraren la mà del pobre animal i la tieta li cosí el braç com aquell qui cus un mitjó.

—Li hem fet un monyó, però no hi ha gaire esperança. L'hem trobat massa tard i la infecció la deu tenir escampada per tot el cos.

—Jo crec que se salvarà, tieta. Es veu molt gros i fort. I... ja podrà viure amb una sola mà?

—Sí, encara que seria millor amb totes dues, s'ho pot fer molt bé amb una sola mà. És com les persones.

—I quina classe de persones són les que fan mal als orangutans?

—Són els furtius. Es dediquen a caçar orangutans per vendre'ls.

—I per què no ho impedeixes, tieta?

—Perquè és molt difícil, Martí, ja ho entendràs. Et portaré a la selva un dia d'aquests.

—Si en trobo algun, tieta, li clavaré un bon cop de puny o, millor, li llançaré un dard! Això mateix!

—Bé, no en parlem més, de coses tristes. Vine, que anirem a veure com està la nostra petita convidada.

A la tornada, van instal·lar l'orangutan en una gàbia de l'interior, a «cures intensives», com en deia la tieta. I van anar a veure la Rachel —que així és com li havien posat—, que dormia plàcidament en un matalasset a terra, al costat de la mare adoptiva, la qual li anava vigilant el tub de sèrum que duia enganxat al braç.

—Demà la tornarem a visitar i tu mateix li podràs fer moixaines. Els agrada molt que els parlis i els acaronis.

—Sí, és clar que ho faré!

—Però... oi que tens gana, Martí? Doncs va, que avui menjaràs *nasi goreng*!

9 (*Sembilan*)

Nasi goreng!

A en Martí li va canviar la cara. Per fi menjaria un plat nou!

Qui deia que aquella gent només menjava arròs per esmorzar, arròs per dinar i arròs per sopar?

La realitat superava la ficció…

Doncs sí… només menjaven arròs! El sopar era com sempre. No variaven gaire, de menjar, més ben dit, gens!

La tieta reia d'una manera escandalosa, a parer d'en Martí. Mentre el noi es mirava el plat amb la muntanyota d'arròs perplex i molest, davant el que ell creia una broma desagradable, la Rosa donava explicacions del significat de la parauleta:

—Per què m'has enredat, tieta? —preguntà en Martí amb cara de pomes agres.

—No t'he enredat, estimat nebot! Només t'ho he dit en indonesi! Ets tu que et fas castells en l'aire —contestà la tieta, que no sabia com dissimular el riure.

—Doncs t'ho podies haver estalviat! M'havia fet il·lusions i tu m'aixafes la guitarra! Això no es fa, dona! —contestà el noi intentant donar un to dramàtic a l'assumpte.

—El *nasi goreng* vol dir 'arròs fregit' en indonesi i el serveixen amb trossets de pollastre, gambetes o peix, i cebes, llegums i espècies. Vejam si aprens vocabulari, que als *daiaks* els agrada molt que els parlis en la seva llengua!

—Tieta, t'estàs tornant molt bromista, oi? —en Martí ja no podia continuar fent l'ofès veient la seva tieta tan contenta.

—Doncs potser sí. I em sembla que ho sóc més des que ets aquí. La veritat és que estic molt contenta que hagis vingut. No m'hauria pensat mai que m'agradaria tant tenir el meu nebot amb mi, a Borneo —digué la Rosa, ara una mica més seriosa.

Es creà un silenci. En Martí no deia res perquè també pensava el mateix. Estava molt content d'estar amb la seva tieta, que, per cert, s'assemblava molt a la seva mare, tant físicament com de caràcter.

En Martí es ficà una gran cullerada d'arròs a la boca i, abans d'acabar-se-la, preguntà amb la boca plena:

—Per cert, per què sempre mengen arròs? És que no tenen res més?

—L'arròs és l'aliment base dels indonesis. En mengen tres cops al dia (bullit o fregit, o com a acompanyament) i en grans quantitats, com has pogut comprovar.

—I no tenen res més?

—Què vols dir?

—No saben què és el pa?

—No en mengen mai, de pa; no crec pas que sàpiguen què és.

—I la carn?

—La carn és molt cara i en mengen poca. El peix és més popular. Això que mengem ara és un àpat típic, a base d'arròs amb verdures i peix i hortalisses.

—Augh! Com pica el peix!

—No és el peix. És la salsa picant que hi posen, a base de bitxos, però ja t'hi acostumaràs, Martí. T'ho dic jo, que també hi he passat, per aquesta etapa!

10 (*SEPULUH*)

NOTÍCIES DE LA MARE!

No feia ni una setmana que era amb la tieta Rosa i en Martí ja s'havia comunicat un parell de cops amb la seva mare, que justament acabava d'emprendre el viatge cap a l'Aràbia Saudita.

Havia rebut un missatge al mòbil de la Rosa i un fax a l'oficina del poble de Pangkalan Bun (a la Rosa li guardaven tots els faxos, i un parell de cops a la setmana els anava a buscar).

En Martí se sentia francament feliç de ser a Borneo i la seva mare no cabia a la pell llegint els relats tan entusiastes que li escrivia el fill. Ara sí, que estava segura que aquell viatge seria molt profitós per a en Martí i que les coses agafarien un rumb molt diferent!

Mare,

T'he d'explicar moltes coses, però no per carta perquè són moltes. Cada matí, no t'ho creuràs, però m'aixeco a la primera, a les sis!, i ajudo la tieta.

Estic fent moltes fotos i així podràs veure tot el que t'explico. La tieta m'ensenya com cuidar els animals i m'agrada molt. Tinc un problema amb els daiaks, *però no pas perquè siguin dolents, no, sinó perquè no els entenc. He començat a estudiar l'indonesi amb la tieta!*

Sembla que visqui en un altre món. Tot és diferent, els costums, el menjar... Per cert, estic avorrint el menjar xinès. Saps que m'agrada molt l'arròs, però és que aquí en fan un gra massa, mare!

Quan torni a Barcelona, no m'hi veuran més, en un restaurant xinès!

La tieta no para de curar orangutans ferits per furtius, que són gent indesitjable. No acabo d'entendre que hi hagi gent així, mare, però la tieta diu que ja ho entendré més endavant.

La setmana que ve la tieta ha d'anar al Parc Nacional de Tanjung Puting i diu que m'hi portarà.

Al parc només s'hi pot arribar en embarcacions, riu amunt. És una zona immensa de pantans i de boscos baixos de torba on viuen molts orangutans en llibertat. De fet, és casa seva. No t'amoïnis, que, encara que també hi hagi cocodrils, no m'hi acostaré, t'ho prometo!

Un petó ben fort, mare. T'estimo.

Martí

11 (*Sebelas*)

Tanjung Puting

Un dia qualsevol a la clínica no tenia res de normal.

Els orangutans, de bon matí, bevien aigua i menjaven fruita i se n'anaven al bosc a passar el dia. Els nadons bevien llet i sortien amb les seves mares adoptives a passar el dia al bosc proper a la clínica.

Amb les mares adoptives molt a prop, els petitons aprenien a enfilar-se i a pujar a les branques. Semblava que fossin en el jardí d'una guarderia! Els orangutans menjaven la fruita dels arbres, les fulles i l'escorça. Els agradava molt la saba i es notava de seguida que n'havien menjada perquè els quedaven els morros negres, com el color de la saba que es cruspien.

Cap allà quarts de tres, començava la tornada escalonada dels orangutans.

Els cuidadors ja havien netejat totes les gàbies i havien preparat uns coixins de fulles perquè es fessin el niu a les plataformes a l'hora d'anar a dormir. Però, abans, menjaven i bevien llet i passaven pel bany, element important per acabar bé el dia.

Sempre era la mateixa rutina, però cap dia no s'assemblava gens a l'anterior. Cada dia era una aventura, amb aquells orangutans juganers!

Dissabte la Rosa havia d'anar a passar consulta a un orangutan en una zona del Parc Nacional de Tanjung Puting, un reconegut centre d'estudis i rehabilitació d'orangutans situat riu amunt.

Per arribar-hi, s'havia d'anar pel Sekonyer, un riu amb aigües pantanoses, de color negre, poc profundes i no gens transparents.

Un cop arribats al poble de Kumai, d'on sortien les barques de fusta, els *kelotoks*, en Martí i la Rosa embarcaren amb dos *daiaks*, que portaven una gàbia —sempre en portaven una— per si les mosques.

—Aquesta embarcació es diu així pel soroll que fa el motor.

Efectivament, en Martí va entendre de seguida per què ho deia la tieta. El motor feia molt soroll. Semblava que pronunciés repetidament el nom: *kelotok, kelotok*...

Passar per un riu com aquell produí a en Martí una esgarrifança, que intentà amagar. No volia que la seva tieta notés que tenia una mica de por. Les vores del riu eren fosques i els caps dels cocodrils s'endevinaven per entre les immenses fulles com si fossin troncs amb ulls de vidre.

—Tieta, em sembla que he vist un cocodril! Allà, a la vora d'aquells arbustos! —exclamà intentant amagar la por.

—Doncs quina sort que tens. Jo, amb el temps que fa que sóc aquí, encara no n'he vist cap! Estàs suant... de por potser? —digué la Rosa fent broma.

—Què dius? És que aquí fa molta calor, tieta! En la guia que m'has deixat diu que juliol i agost són els mesos més secs, però l'ambient és molt humit, si més no, m'ho sembla!

—Tot és relatiu. El Kalimantan és calorós i humit tot l'any.

—I quan plou? Quan és l'època de pluges?

—L'època que plou més i que hi ha més tempestes és d'octubre a març, però normalment cada dia fa un raig. Mira! Ja hi som! Ara et faràs un fart de veure orangutans i nassuts. Aquí n'hi ha molts, sobretot al capvespre, perquè s'acosten a la vora del riu a beure.

L'aigua s'havia tornat negra com el petroli.

—Aquesta aigua és molt neta, encara que no ho sembli. El color és degut al tipus de terra que hi ha.

—Qui ho diria! —contestà en Martí mentre observava la vegetació típica de la zona.

—Aquests arbustos, que semblen palmeres, són manglars, típics dels aiguamolls.

El viatge en *kelotok*, una barca allargada de fusta, va ser molt tranquil. En Martí s'anava emocionant a mesura que observava tots els ocells que sobrevolaven el riu, que descobria les ombres que navegaven pels marges de l'aigua, que es fixava en el cel, un cel ple d'una llum que en Martí no havia vist mai a Barcelona.

Ja arribaven quan algú va cridar alguna cosa en indonesi a la tieta Rosa.

—Ja hi som! Ara veuràs els habitants de la selva en el seu món!

—I per aquí arribarem al Parc Nacional de Tanjung Puting? —preguntà en Martí, mentre posava un peu sobre unes escaletes que pujaven a una llarguíssima passera de fusta construïda sobre uns enormes troncs.

—Doncs per aquí mateix! No veus que no hi ha carreteres, que tot són aiguamolls? Per arribar-hi, hem d'entrar per aquestes passeres de fusta. Són camins que fan transitable la selva, si no, seria molt difícil accedir-hi.

Una gran passera de taulons de fusta s'allargava des del miniport fins a l'entrada de la frondosa selva, la qual va estar deserta poca estona, perquè començaren a apropar-se els eterns habitants de la selva: eren els orangutans excaptius i rehabilitats feia anys per la Birute Galdikas, que ja estaven acostumats a la presència humana i dels pocs turistes que visitaven la regió i s'hi deixaven caure de tant en tant per veure, segurament, quines novetats hi havia o bé simplement per menjar alguna cosa diferent.

En Martí ja començava a familiaritzar-se amb els del «pèl roig» i ara es fixava sobretot en la multitud d'ocells que habitava la zona. N'hi havia uns de molt curiosos, amb bec llarg.

—Són els calaus —digué en to didàctic la Rosa.

Mentre la tieta feia les gestions oportunes amb els guardes del parc, en Martí es dedicà a observar i a fer fotografies a les mares orangutans i als fillets, que s'entretenien menjant en els camins propers a la vora.

En Martí tenia moltes ganes de veure els nassuts, dels quals, segons la tieta, n'hi havia força al parc, i per això deixà el camí principal per tombar a la dreta, per un camí de fusta més petit, per on li semblà veure un parell de llúdries tocant a l'aigua.

Com que no aconseguí fer la foto a la parella de llúdries, que de seguida s'amagaren sota els taulons, en Martí decidí d'endinsar-se uns quants metres cap a la fosca selva.

Empaitava una ombra que li semblà un simi petit, potser un orangutan o potser un nassut..., però el que va trobar no va ser res de tot això.

El que va veure el va deixar de pedra.

Una ombra amagada entre el fullam l'estava mirant sense que ell se n'adonés. En Martí sentí un soroll quasi humà i, encara que estava escagarrinat de por, es va apropar a les mates i apartà el fullam espès que amagava quelcom... ¿potser un nassut?

En Martí es va quedar garratibat. Volia córrer, però no hi havia manera de moure les cames ni els braços. La càmera, la tenia paralitzada entre els dits i per poc li cau al fang...

En Martí topà, davant per davant, amb el nas d'un aborigen, que portava en una mà un matxet i a l'esquena un fardell carregat.

Per uns moments, en Martí no va saber reaccionar. Tots dos van quedar mirant-se... En Martí de sobte recordà el que portava a la mà: utilitzà la càmera i provocà una ràfega de llum amb el flaix a dos pams de l'homenet, de manera que l'aborigen quedà tan enlluernat per la immensa claror, que deixà anar el fardell i desaparegué en l'espessa vegetació proferint unes paraules que en Martí no va entendre.

12 (*Dua belas*)

En Martin

En Martí era davant un paquet ben embolicat, que semblava tenir vida. Se sentia una respiració dèbil i de ritme lent. En Martí no sabia què fer davant aquell embalum que ara començava a bellugar-se. S'hi apropà per veure'l millor. Era una xarxa espessa d'on sortien unes manetes vermelloses. No semblava perillós i intentà desfer l'estret nus que impedia la sortida de l'animaló. En Martí somrigué en veure, per un estrip de la xarxa, una carissona d'orangutan que semblava donar-li les gràcies entre encuriosit i juganer.

Com que no podia desfer el nus, en Martí optà per emportar-se l'oranguntan fins al miniport, que era, a tot estirar, a pocs minuts d'allà.

Li costà més que no es pensava d'arribar-hi, perquè, encara que era petit, pesava molt per a en Martí.

La tieta corregué de seguida cap a la rotllana que s'havia improvisat al voltant d'en Martí i de l'orangutanet. Amb un matxet que li deixà un indígena, estripà d'un cop sec la diabòlica presó que retenia l'animal.

—Tot just ara m'informaven que havien vist un parell de caçadors furtius aquest matí, però els havien perdut la pista.

—I per casualitat els he trobat jo, això sí que és bo!

—Com era el furtiu? Què portava? Què t'ha fet?

—La veritat és que no m'ha ferit ni res! Jo l'he mirat amb cara de guerra i li he dirigit un flaix amb la càmera. L'he espantat i ha fugit. Res més. Ara, que si ho arribo a saber, li tiro un parell de pedres! Però no he tingut temps! No sé qui ha estat el més sorprès, si ell o jo! Per sort, no està acostumat als flaixos!

—I no has tingut por? Perquè et podria haver fet mal! —preguntà la Rosa sense voler donar-hi importància.

—No he tingut ni temps de pensar-hi, tieta. Però tampoc no semblava gaire dolent. Feia la mateixa cara que tots aquests que hi ha per aquí! No m'ha semblat perillós.

La Rosa es va quedar mirant l'orangutan per uns moments, i després en Martí, i va deixar anar molt baixet, perquè no la sentís ningú, excepte el seu nebot:

—Em sembla que no et deixaré sol ni un moment! No deus pas ser d'aquells que atrauen els perills, oi?

—Què dius, tieta! Et juro que no he fet res. L'única cosa que volia era fer fotos!

En Martí anava darrere la tieta fent-li massa preguntes:

—I què en farem ara, de l'orangutan?

—Doncs el cuidarem.

—I on pot ser la mare? Tu mateixa em vas dir que les mares orangutans no abandonen els fills si no és per força major.

—Aquests casos són freqüents. Els caçadors furtius maten la mare per quedar-se la cria i vendre-la.

—Això vol dir que la seva mare és morta?

—Ens temem el pitjor. El furtiu s'emportava el nadó per vendre'l, segurament, i potser abans ha matat la mare.

—I com en pots estar tan segura, tieta?

—Què et fa pensar que n'estic segura?

—El teu to…

—Sempre hi ha un fil d'esperança, però l'última cosa que deixa una mare és el seu fill. L'única manera de separar una mare de la seva cria és matant-la. Així de clar!

—De moment el puc tenir jo, el puc cuidar?

—De moment hem decidit el nom de l'orangutan: Martin, en honor de la persona que l'ha salvat. I, mentre li busquem la mare, el podràs cuidar.

—És possible que la trobeu morta?

—Sí, però hem d'esgotar les poques possibilitats que tenim de localitzar-la viva. I no podem perdre temps.

La tieta tenia raó en moltes coses, però aquesta vegada, sortosament i gràcies a la rapidesa dels *daiaks* que s'encarregaren de pentinar la zona a la recerca de la mare orangutan, la tieta es va equivocar.

Una hora més tard, havien localitzat la mare d'en Martin en un fangar, amb part de la cara i el coll cremats i amb ferides a les mans, a mitja hora de camí selva endins.

—Hem tingut sort de trobar-la viva, però té cremades profundes a la cara.

Els furtius devien estar talant una arbreda, i devia ser mentre menjaven que la mare orangutan els va plantar cara, per protegir segurament el seu fillet. Pel tipus de cremades, li devien llançar l'aigua bullent que tenien per cuinar.

De tornada, el *kelotok* anava més carregat que d'anada. A dins la gàbia, hi portaven la mare ferida i anestesiada, i el fillet al seu costat, mig adormit.

El primer que van fer en arribar a la clínica fou netejar i curar les cremades i calmar la mare orangutan, perquè es veia molt nerviosa.

La recuperació de la mare orangutan va ser llarga i difícil, però se'n sortí, i en Martin, mentrestant, es va fer molt bon amic d'en Martí. Jugaven a l'hora del bany i el nadó s'enfilava al coll d'en Martí, que corria amunt i avall, per fer les delícies de l'orangutanet. Això sí, el petitó, a l'hora d'anar a dormir, deixava anar el seu amic de jocs i s'arraulia al costat de la seva mare, que cada dia s'anava trobant millor.

La mare orangutan compartia l'alegria del seu fill i semblava que mirés en Martí amb ulls d'agraïment.

De mica en mica, en Martí anava agafant confiança amb la gent de la clínica. Els ajudava en multitud de tasques que eren la mar de divertides. Començant per l'hora dels àpats, passant per les passejades al bosc del davant i acabant per l'hora dels banys.

—Sembla una guarderia-escola, tieta, però amb uns alumnes molt especials! M'ho estic passant molt bé. Llàstima que la mare no hi sigui, perquè xalaria molt.

—Doncs en la pròxima carta digues-li que vingui… Potser et farà cas!

—Li estic escrivint una carta molt llarga, explicant-li tot el que faig i tot el que fas tu, que és molt emocionant. Mai no havia pensat que tenia una tieta tan heroica!

—I jo no sabia que tenia un nebot tan trempat! Amb tot el que estàs aprenent, seràs un bon veterinari.

En Martí des de feia temps vivia en un món ple de rutines i imposicions: que si estudiar, que si fer bona lletra, que si endreçar l'habitació... I tot, per a què?

No veia cap necessitat de fer res del que li imposaven. Però ara tot canviava, feia les coses perquè necessitava fer-les, perquè hi havia uns nous amics que valoraven les coses que feia. S'havia de llevar i arreglar-se per anar a ajudar els treballadors de la clínica i fer companyia als orangutanets.

Ara en Martí començava a fer les coses per ell mateix, perquè sí, perquè li semblava bé fer-ho, i se sentia molt útil i imprescindible. Era una peça important i intentava no oblidar-se de les coses, perquè, si no, les conseqüències podien ser terribles.

Un excés de responsabilitat, tota la que no havia tingut en la seva vida, li venia de cop. Ell era el primer que notava tots aquests canvis i se'n sentia molt orgullós. «Si la mare em veiés!», exclamava per a ell mateix...

—Ara entenc moltes de les coses que la mare em repetia tantes vegades, tieta! Però jo no me l'escoltava.

—Ha calgut que vinguis a Borneo, que viatgis fins a l'altra banda del món per adonar-te'n!

—La mare tenia raó!

—Les mares sempre tenen raó, Martí!

—Eh, eh! No sempre, no fumis! No exageris, que els fills també en tenim, de tant en tant! —acabà dient en Martí amb una rialla tendra.

—Vinga, és hora d'anar a dormir, que ja són les set! Però abans passa per la dutxa, que vas molt suat, no sé si de la calor o del futbol.

—No em parlis de la dutxa. És incomodíssima! Però m'hauré de fer a la idea. Feia temps que no jugava amb tantes ganes a futbol. Per cert, tieta, en saben molt, de jugar a futbol, aquests *daiaks*. Sembla mentida que enmig de la selva es pugui jugar a futbol com al pati de l'institut!

—Sí, i a mi em sembla impossible que a les sis sigui fosc, però ja m'hi he acostumat, perquè l'endemà la vida comença a quarts de sis i s'ha de descansar!

Nebot i tieta entraren a la caseta després d'acomiadar-se dels ajudants, que havien estat tocant la guitarra i cantant als porxos de l'entrada. En Martí, que s'havia apuntat amb uns quants a jugar a futbol al camp del davant, feia cara de satisfet i s'acomiadava dels seus joves companys de joc.

L'endemà s'havien de fer càrrec de dos orangutans que portarien requisats d'una població llunyana a la clínica.

—Tieta, si en van venint de nous, aviat no hi cabran!

—No t'hi amoïnis, que la setmana que ve n'alliberarem un parell. Ja estan rehabilitats per poder tornar a la selva.

—I on els portareu? Al Parc Nacional de Tanjung Puting?

—No. No es poden alliberar excaptius en llocs de la selva on hi ha orangutans salvatges.

—I per què no? No són tots iguals?

—Sí, però no és tan fàcil! Si augmentem la població en el mateix espai, fem perillar l'equilibri. La selva ja és habitada per uns quants orangutans i, si nosaltres n'hi duem més, l'equilibri natural perillaria i seria contraproduent.

Hi ha una altra raó, també senzilla: si portem un excaptiu, que ha estat en contacte amb els homes, podria introduir malalties entre els orangutans salvatges. I això podria portar epidèmies irreversibles entre la població dels orangutans. Ho entens?

—Més o menys. I així, què en fareu, dels excaptius?

—Els alliberarem en una reserva natural, una altra zona de selva, que té una extensió de més de 75.000 hectàrees i que és a un parell d'hores d'aquí.

—I allí no hi ha orangutans? Perquè, si no, passaria el mateix, oi?

—Exacte. És una zona que era propietat d'una empresa taladora que la va abandonar perquè ja no quedaven arbres per talar. Ara s'ha convertit en un bosc secundari, però també pot anar bé.

—Tieta! Em parles de coses que no sé. Què vol dir *secundari*?

—Fàcil! Vol dir que no és primari!

—I què vol dir *primari*? —preguntà en Martí fent l'ofès i l'enfadat.

—Vejam… Com t'ho explicaré perquè ho entenguis? Un bosc és primari quan els arbres que conté són els de tota la vida. Són grossos, enormes. Després d'una tala massiva, què hi queda?

—Res! És així, oi, tieta?

—Exacte. No hi queda res, però tornen a sortir arbrets, no tan grossos ni tan espessos. Amb el temps, molt lentament, van conformant una altra vegada una selva. Aquesta selva que ha sorgit després de la tala és un bosc de tipus secundari. Ho entens ara?

—Sí. T'expliques molt bé, tieta. I els deixaran anar perquè visquin en aquella selva, sols, i què?

—Hi està treballant fa temps un grup de *daiaks*. Prepara la zona perquè els orangutans hi visquin amb seguretat; fa camins per poder-hi transitar quan es facin els treballs de camp.

—I, quan acabi la feina, marxarà aquest grup?

—No, ja t'he dit que se n'ha de fer un seguiment. Hi ha un camp base i, allunyada del camp, una plataforma de menjar perquè hi vinguin de tant en tant. Així es poden controlar possibles malalties i comprovar que tots els orangutans estan sans.

—Ara ja entenc per què no poden anar al Parc Nacional de Tanjung Puting... perquè és més petit.

—Què dius? El Parc Nacional té una extensió de més de 300.000 hectàrees!

—Doncs perquè els orangutans salvatges necessiten un territori molt gran per poder sobreviure i alimentar-se...!

—Et costa d'entendre les coses, eh? Un excaptiu desplaçaria l'individu salvatge a causa de la competitivitat del menjar... perquè els boscos s'estan reduint i cada cop hi ha menys territori.

—Pocs que són i malavinguts! No ho entenc!

—És llei de vida i no es pot canviar! Però, si pensessis com un orangutan, tu també hi estaries d'acord, amb la seva actitud. Bé, ja n'hi ha prou, de tanta xerrameca! Fins demà, Martí, que dormis bé!

La discussió havia durat força estona i tant la Rosa com en Martí tenien son; així, doncs, no es van entretenir més. La Rosa es va acostar al seu nebot per fer-li el petó de bona nit i recordà que li havia d'anunciar una notícia:

—Per cert, hi ha un ajudant meu que és molt jovenet però que en sap molt, d'orangutans, i et podria explicar moltes coses que ni jo no sé! Li he dit que seràs el seu ajudant perquè és l'únic que sap una mica d'anglès. Et sembla bé?

—Ho fas perquè vigili que jo no prengui mal, oi? —preguntà curiós mentre es ficava al llit.

—No, ho faig perquè ja estic tipa que estiguis sempre al meu darrere preguntant-me coses! —deixà anar rient mentre tapava el seu nebot amb el llençol.

13 (*TIGA BELAS*)

L'ESO

L'endemà, després d'esmorzar de cul a terra, sortiren per fer la ronda matinal.

—Mira-te'l, ja el tenim aquí! —exclamà la Rosa mirant-se un indígena que, com tots els indígenes coneguts, s'aproximava amb parsimònia. En aquell país no hi havia mai pressa, tot es feia amb calma i tranquil·litat.

—Té la meva edat? Sembla un nen.

—No, té vint anys, però els indonesis tenen aspecte de molt més joves. La pell morena i la poca alçada hi ajuden molt. Eso! —cridà la Rosa adreçant-se al noi que se'ls acostava.

—Caram, a què em sona això? Precisament és el que estudio a l'institut! Quines coincidències! —exclamà en Martí davant el somrient noi que ja era davant seu.

L'Eso portava uns pantalons llargs de cotó i una samarreta de color cru i, al cap, una gorreta amb lletres marrons. A la cara hi duia l'etern somriure d'aquella amable gent.

—*Salam*! —exclamà l'Eso.

—Benvingut! —traduí la Rosa a en Martí, que s'havia quedat una mica estranyat.

—*Siapa nama anda*? —preguntà l'Eso a en Martí.

—Martí —contestà la Rosa sense deixar de somriure veient la cara de babau del seu nebot. La tieta parlà en indonesi amb l'Eso mentre el noi es mirava atentament en Martí, que intentava pescar alguna cosa de la conversa, però era una llengua molt diferent de tot el que havia sentit anteriorment.

—Tieta, què dieu? Ho aprofiteu per riure-us de mi? —digué fent el seriós sense estar-ho.

—Li he explicat que saps molt anglès i que fareu un intercanvi de llengües. Tu li ensenyaràs anglès i català, i ell t'ensenyarà indonesi, encara que sigui molt diferent de la llengua que parla un *daiak*, perquè ell ho és. Et sembla bé o no? —preguntà la tieta fent una ganyota divertida amb els llavis i aclucant els ulls mentre es mirava el seu atònit nebot.

—No ho sé. Ja no me'n recordo, de l'anglès. Fa tants dies que no l'estudio...

—Doncs ho proveu. No tens cap més remei. Vull més llibertat, que no estic acostumada a tenir un marrec enganxat a les faldilles!

—Ei, que jo no ho faig, això, no exageris! A més, tu no portes mai faldilles. I jo no sóc cap marrec, estimada tieta! Ara que, si això és el que vols, per a mi millor! Ja em començava a cansar de parlar sempre amb la mateixa persona, perquè, com que aquí ningú no parla res més que indonesi... Així m'independitzaré de tu.

—Té, perquè comencis a fer pràctiques —la tieta Rosa li allargà un llibret verd sobre Borneo—. T'explica una mica d'història i de geografia, parla de la gent i de les tradicions. I al final hi ha un glossari de frases en indonesi que t'hauràs d'aprendre.

—Perfecte! I no en tens un que ho expliqui en català? Tot és en anglès, quina caca...! —comentà a mitja veu en Martí, remugant alguna cosa que no s'entengué prou bé.

—L'únic que has de tenir en compte és que la C sona TX. Entesos?

Durant uns quants dies, en Martí era l'ombra de l'Eso. El seguia pertot arreu i a poc a poc començà a entendre el que li deia el *daiak*. El ritme de l'indígena era molt més ràpid que el de la tieta. I ell feia coses molt diferents. És clar que era un dels assistents d'una part de la clínica i la seva feina variava segons el dia.

En Martí no podia entendre com un noiet de metre i mig, prim com un fideu, amb només quaranta quilos de pes, podia carregar-se un orangutan de 25 quilos a l'esquena sense problemes. Tenia una força inaudita! La tieta li explicà que els *daiaks* són pura fibra i que tenen molta força.

El ritme que portava en Martí s'havia accelerat. Havia d'aprendre moltes coses per ser útil i constatà en la seva pròpia pell que les llengües s'aprenen més ràpidament amb la pràctica.

Si l'Eso li deia *hati-hati*, en Martí ja podia anar vigilant perquè volia dir 'compte!'.

L'Eso tenia un caràcter molt pacient, més que la seva tieta, i en Martí s'hi trobava força còmode, amb ell.

Sense deixar de somriure, l'Eso li repetia moltes vegades les coses i al final les hi deia en anglès. En Martí recuperà de seguida el vocabulari après a l'institut i ell mateix es meravellà dels seus progressos.

—*Martí, awas! Watch out!*

—*Martí, maaf! I'm sorry!*

En Martí, que s'estudiava el glossari indonesi al vespre, sobre el matalàs i amb un llumet, l'endemà el posava en pràctica.

La primera frase tota seguida que es va aprendre era *Maaf, saya tidak mengerti*, i la deia a tot arreu i a tota hora, quan algú li parlava en indonesi, i volia dir 'Ho sento, no t'entenc'.

Això sí, quedava com un rei, perquè tothom estava content de veure l'interès que tenia en Martí d'aprendre l'indonesi, i això ho valoraven molt, els *daiaks*. Tothom s'abocava a ensenyar-li paraules noves.

Tants progressos va fer en Martí, que molt aviat la frase més utilitzada per ell era *Tolong, bicara pelan-pelan*. La feia servir sempre que parlava amb l'Eso o amb algú de la clínica, i volia dir: 'Si us plau, parleu a poc a poc'.

Si feia una cosa bé: *bagus*; si la feia malament: *tidak bagus*; per dir «sí», *ya*; per dir «no», *tidak*. En fi, que quan sentia parlar algú, ja no li semblava tan xinès com el primer dia.

S'escaigué que l'Eso havia d'anar a fer uns treballs de camp a la zona oest del Parc Nacional de Tanjung Punting, i a en Martí li va semblar una idea genial, allò d'acompanyar-lo. Durant uns dies viuria en un *pondok* amb els altres indígenes, que estaven fent una feina de recerca amb els orangutans.

Primer hagué de convèncer la tieta, però no li va ser difícil. La Rosa coneixia molt bé l'Eso i li tenia tota la confiança. Sabia que cuidaria d'en Martí com ella mateixa.

L'Eso també semblava content de tenir un company amb qui practicar l'anglès que havia après a l'escola quan estudiava a Djakarta (tenia poques ocasions de parlar anglès, només amb els pocs forasters que passaven per allà), i també un col·lega amb qui compartir les estones de lleure jugant a futbol.

L'Eso havia encomanat a en Martí una cosa que feia tothora i que semblava un mal de tota la població: riure. Sempre ensenyava aquelles dents tan blanques i enormes que no cabien prou bé en aquella ampla boca de xocolata. En Martí ara també reia, tant si jugava a futbol com si vigilava el bany dels orangutans o esmorzava a les sis del matí.

—A tot s'acostuma un —deia la tieta Rosa, que ara fumava uns cigarrets, els únics cigarrets del país, que feien una olor dolça i fins i tot agradable per ser tabac!

—Sí, quan ho expliqui als meus companys, que menjo arròs i carn per esmorzar, a les sis del matí, no s'ho creuran! Jo, que no surto mai dels meus cereals de xocolata amb un got de llet amb cacau! —completava en Martí mentre s'acabava el seu arròs amb una mena de pollastre bullit.

L'Eso el portava a llocs que la tieta segurament desconeixia. Sabia on prenien el sol uns enormes saures, els varans, que feien més d'un metre i pesaven uns tres quilos, segons el *daiaks*. No eren perillosos, si els deixaves fer la seva via, però en Martí, per si de cas, no intentà tocar-ne cap!

També hi havia una parella d'animals molt peculiars, amb braços molt llargs, que habitaven els arbres de la clínica, però que en Martí no aconseguia distingir. Eren tan ràpids que no es deixaven veure.

—Què són aquelles ombres que passen tan ràpidament per davant els nassos i que de bon matí fan uns crits tan aguts que t'espanten? —preguntà en Martí.

—*Uwa-Uwa* —va ser l'única resposta que li donà l'Eso, però més tard la Rosa li va traduir aquell nom i li'n va donar una explicació més científica.

—Són primats antropomorfs. Són gibons. No fan més d'un metre d'alçada i tenen uns braços llarguíssims. Són arborícoles i viuen a la selva. També mengen vegetals, com els orangutans, però, a més, mengen petits animalets. Aquest parell fa temps que estan instal·lats aquí i no crec que se'n vulguin anar.

L'Eso tenia una motocicleta, blava i lluent, i portava en Martí al poble per fer encàrrecs o simplement per passejar. En un d'aquests viatgets de deu minuts, el portà al bar del poble.

En Martí estava expectant. Hi havia un bar? Això era una altra cosa! Ara podria beure una taronjada com les de casa o una Coca-Cola! Feia tants dies que no en tastava…

—*Coco*? —preguntà l'Eso, quan entraren en una cabana de fusta on només hi havia una taula i un cubell amb una dotzena de cocos verds (així és com se'ls mengen ells) i un rotlle de paper de vàter enmig de la taula.

—*Ya*, però a Barcelona els cocos no són així. Són marrons —intentava explicar en Martí a l'Eso.

—*Different*? —repetia fent cara de no entendre-ho.

— *Ya*. No són verds com aquests.

Mentrestant, un *daiak* expert obria amb un matxet un coco gros de color verd clar. Era buit per dins, amb una cobertura blanca i el suc propi del coco. Hi abocà un xarop de maduixa, que li donava un altre color, i oferí a cadascun una cullera i una palleta.

L'Eso remenà el suc amb el xarop i xuclà amb ganes aquella barreja, que resultava molt dolça i refrescant. En Martí, que ja s'havia tret del cap la idea de beure una taronjada ben freda, imitava el que feia el seu amic i anava agafant cullerades de la polpa que era enganxada a les parets de l'improvisat recipient.

—*Enak*? —preguntà l'Eso, però com que en Martí feia cara de no entendre'l, li ho traduí a l'anglès—. *Delicious*?

—*Enak*! —contestà en Martí content de conèixer una paraula nova. En Martí lligà caps. Els cocos que menjava a Barcelona eren els mateixos cocos un cop secs. La veritat és que no era gaire *enak*, però mentí una miqueta per no quedar malament.

14 (*EMPAT BELAS*)

EL SEKONYEN KANAN

El gran dia arribà. Marxaren amb la motocicleta, que semblava un globus de tan plena que anava. En Martí no entenia com podien anar tan carregats i no perdre res. L'Eso aprofitava el viatge per portar material als seus companys del parc: que si això, que si allò, que si allò de més enllà… i per postres en Martí.

Un cop a Kumai, transportaren tota la càrrega a dins del *klotok*, com l'anomenava l'Eso, i… riu amunt falta gent!

El Sekonyen era un riu negre de per si, però com més pujaven cap al parc, el color anava canviant. Des que hi havia els buscadors d'or a dalt de tot del riu, l'aigua era marró.

En arribar a una cruïlla, continuaren per un dels braços del riu i de cop i volta el color era totalment negre, com havia de ser.

Les converses entre en Martí i l'Eso eren prou fluides. Es parlaven en anglès a estones, amb alguna paraula indonèsia i alguna altra de catalana que en Martí deixava anar i que prèviament havia ensenyat al *daiak*.

—Aquest és el color del riu, Eso?

—No, aquest color no és l'original. Diguem que és contaminat.

—Què dius? Qui el contamina?

—Riu amunt hi ha una àrea que es diu Aspai, on viuen buscadors d'or. No sé ben bé què utilitzen, si mercuri o una cosa semblant, i han de remenar l'aigua per buscar l'or; això fa que les aigües s'enterboleixin i es contaminin.

En Martí cada cop s'hi sentia més implicat i s'enrabiava pensant com contaminem tots plegats el planeta.

—Aquest és el Sekonyen Kanan i aviat arribarem a la zona on s'estan els meus companys.

—Mira, Eso, qui són aquells d'allà baix que van en rais?

—Són taladors d'arbres, els causants de la desforestació de la selva, en certa manera.

—Però si són arbres enormes! I per què no ho impedeixen les autoritats?

—Perquè només poden actuar dins el parc i no a fora…

—I això no és el Parc Nacional, Eso?

—No ben bé. Les vores de la dreta pertanyen al parc, però les vores de l'esquerra són territori lliure. I, encara que talen els arbres del parc, que nosaltres sabem que ho fan, ells fan veure que han talat arbres de la banda esquerra. És molt dificil demostrar el contrari. No et pensis, a nosaltres ens fa molta ràbia, però t'asseguro que no hi podem fer res.

Mentre l'Eso li ho anava explicant, en Martí no treia la vista de sobre a aquells raiers improvisats que navegaven sobre uns troncs llarguíssims, paral·lels, enganxats amb lianes de través, de manera que recordaven els raiers de Lleida que algunes vegades havia vist per la televisió.

Grups de quatre i cinc troncs, lligats amb lianes, formaven una corrua que surava al llarg del riu, i al capdavant hi anava un *klotok* atrotinat, que estirava la processó.

—En el fons, no són ells els responsables, Martí. Són les serradores, que els encomanen aquestes feines; molt dures, per cert. I les serradores són propietat d'uns pocs magnats que es folren a costa de molts.

—I com porten els troncs fins al riu?

—Doncs tot plegat és un perfecte treball d'enginyeria. Des del cor de la selva, fan camins, obrint-se pas fins a arribar al riu. Instal·len tronquets ben alineats i fan lliscar-hi els troncs, però abans el qui va davant empastifa amb sabó el camí de tronquets perquè els troncs hi llisquin més fàcilment.

Riu amunt, a mà dreta, al cantó del Parc Nacional, hi havia instal·lada una caseta de fusta sobre uns pals clavats a l'aigua. Un rètol fet a mà explicava qui hi vivia.

—*Polisi*, vol dir 'policia', oi, Eso?

—Sí, aquests són els qui intenten d'establir l'ordre i foragitar els talladors, però com pots veure ho tenen molt difícil. Si els enxampen *in fraganti*, requisen les serres, però l'endemà hi tornen.

Per fi arribaren al final del petit viatge. Ja els esperaven. Després de les obligades salutacions entre ells, com si no s'haguessin vist des de feia anys, i després de repartir-se paquetets, tots amb el mateix somriure tret de la mateixa fàbrica de somriures, entraren al *pondok* on viurien durant la seva estada al camp.

En Martí encara no havia vist cap *pondok* per dins. Hi ficà el nas i només hi havia una taula i unes estores enrotllades apilades en un racó de l'estança.

Francament, no era cap palau, però semblava una casa dels tres porquets. En una sola estança dormien mitja dotzena de persones i en Martí es preguntà on dimonis devien fer les seves necessitats..., però ho descobrí de seguida, perquè d'una caseta feta amb quatre taulons de fusta en sortia un dels *daiaks* cordant-se els pantalons.

En Martí hi ficà el nas i descobrí un forat a terra, que, segons li van explicar més tard, era el vàter, i un cubell d'aigua amb un de més petit a dins per tirar al vàter quan s'acabés.

Una altra descoberta va ser la cuina. On dimonis feien el menjar?

No va trigar gaire a adonar-se'n. A terra! Un foc amb quatre pedres per col·locar-hi l'olla i una tarima per guardar-hi el poc menjar que necessitaven: arròs i verdures.

Una caseta feia de menjador i de cuina alhora. Els focs eren a fora de la cuina, sota cobert.

L'Eso, tot just arribar, ja donava ordres de tot el que s'havia de fer. En Martí no entenia res, però els *daiaks* l'estaven ben segur informant de tot el que havia passat mentre ell havia estat a la clínica. Era, diguem-ne, el director del grup de treball. Havia estat estudiant biologia a Djakarta i feia dos anys que havia entrat a treballar amb els orangutans. En sabia molt, dels seus costums i dels problemes rutinaris que afectaven aquelles bèsties. S'estimava el seu país i estava molt conscienciat del negre futur que esperava la seva civilització si no hi posaven remei.

Entre els *daiaks*, l'Eso era respectat i la seva opinió era tinguda en compte, per això li explicaven tots els seus problemes i n'esperaven una solució.

—Vols venir a veure una *goldmine*, Martí?

—Sí —va dir en Martí sense preguntar ben bé què és el que anaven a veure. Per l'èmfasi que va posar l'Eso en la pregunta, intuïa que era una cosa interessant, i ja veuria *in situ* què era una *goldmine*. Era qüestió de temps. En principi, pel poc anglès que sabia, era una mina d'or, això sí que ho tenia clar.

Amb una llanxa motora, l'Eso, en Martí i un parell de *daiaks* més remuntaren el riu fins a un petit port, a mitja hora lluny del campament.

Mentrestant, l'Eso li anava explicant, com podia, que anaven a veure un poblet de buscadors d'or. Feia anys que s'havien instal·lat a la vora del riu, en un lloc on hi havia molt d'or, però, com que tot té un final, l'or també es va acabar.

—Però, si no hi ha ningú! On és la gent?

—La gent, un cop s'acabà l'or, abandonaren el poble i el deixaren en unes condicions molt deplorables.

Semblava un poble fantasma. Les cases obertes, materials escampats pels voltants, fins i tot algunes bicicletes i motoretes «aparcades». Qualsevol diria que els habitants del poble havien marxat un bon dia, de cop, aterrits per un fantasma. Semblava un món adormit, on només faltaven les persones.

—I ara anirem a veure una altra cosa que també et deixarà sorprès. Nosaltres en diem «la lluna» —anuncià l'Eso, amb el seu anglès-indonesi, mentre sortien del poble i es dirigien un tros enllà, cap a la selva.

Entraren a la selva per un corriol estret per on no es veia res. Costava de caminar-hi perquè el terra era tou i fangós, i relliscava. Sort n'hi havia, dels taulons que s'estenien al llarg del caminoi.

L'Eso anava al davant, obrint camí, sense dir res. Quan ho cregué oportú, deixà passar en Martí perquè sortís a una clariana del bosc. En Martí no acabava d'entendre què era allò, mentre es fregava els ulls per culpa de l'excessiva llum que de cop l'encegava.

El que va veure en Martí no coincidia amb la seva idea de selva i es quedà mut admirant aquella blancor, aquell munt de sorra blanca que formava un immens desert!

—Però si sembla el Sàhara! —exclamà en Martí sortint del seu mutisme.

—Doncs aquest Sàhara que tu dius, tal com el veus, no fa gaire era la continuació de la nostra selva —explicà l'Eso.

Tota aquella extensió de terra erma, al costat mateix de la selva, era el resultat final d'una ben calculada i massiva tala d'arbres.

—El terra de la selva és molt pobre. Un cop talles els arbres, comença un procés de desertització que acaba en això, i l'única cosa que queda és un mar de sorra. En aquesta zona hauran de passar moltíssims anys perquè hi tornin a créixer arbres!

—Em vols dir que això, abans de talar-ho, era selva? No pot ser! No m'ho puc creure, Eso! —repetia en Martí, que no es feia a la idea d'un desastre ecològic tan gran com aquell!

En Martí anava madurant a marxes forçades. Ara valorava moltes coses que mai no havia tingut en compte. Al cap li bullien les idees. Se sentia prou preparat per opinar sobre un cosa tan desastrosa. Segur que si ho veiés per la televisió pensaria que els periodistes exageraven, però la crua realitat sobrepassava tot el que ell pogués pensar.

No s'ho treia del cap. Barrinava la manera de fer-hi alguna cosa. No podia estar de braços plegats!

15 (*LIMA BELAS*)

EL DIARI D'EN MARTÍ

Ves per on! Qui li ho havia de dir, a en Martí!

Havia trobat la manera de canalitzar tots aquells sentiments escrivint-los en el diari que li regalà la seva mare abans de pujar a l'avió.

«Saps que no m'agrada escriure», havia dit en Martí a la seva mare! Com havia canviat! I estava molt cofoi d'adonar-se'n!

En el diari no parava d'escriure-hi pensaments, realitats sobre la vida de Borneo, dades, noms dels *daiaks* i dels orangutans que anava coneixent. Eren moltes coses i no volia oblidar-se de res del que vivia. No ho escrivia tot, però sí que posava un títol a cada cosa, i a sota un petit resum. «*Goldmine*», «La lluna», «Raiers», «Tala d'arbres», «Desforestació», «Contaminació», «*Pondoks*», «*Kelotok*», «Aigua marró i aigua negra del riu Sekonyen»... i així un munt de noms que ara ja li eren més familiars...

En els fulls finals del bloc hi tenia escrites les frases més corrents per poder comunicar-se amb els *daiaks*:

Hi tenia els números: *nol* (zero), *satu* (un), *dua* (dos), *tiga* (tres), *empat* (quatre)... i frases corrents: *Siapa namamu?*

(Com et dius); *Tolong bicara pelan-pelan* (Si us plau, parleu a poc a poc), *Maaf, saya tidak mengerti* (Ho sento, no t'entenc), *Hati-hati* (compte!), *Tolong!* (Socors!)... sense oblidar-se del *ya* (sí) i del *tidak* (no), del *Permisi?* (Perdoni'm) o del *Terima kasih* (Gràcies), del *bagus* (bé) i del *tidak bagus* (malament).

Gràcies a la paciència de l'Eso, en Martí anava aprenent noves paraules i noves expressions, de manera que es feia entendre per la gent i ja se sentia més a prop dels *daiaks*. Qui ho havia de dir! Quan expliqués tot el que estava vivint aquell estiu, els seus amics no s'ho creurien... i en Martí ho comprendria, perquè era un somni real. Sort que portaria les fotos! Ben pensat... n'hauria de fer més, per il·lustrar cada aventura.

En Martí no se separava de la seva càmera fotogràfica. Ho fotografiava tot. El riu negre, no contaminat; el riu marró, contaminat per les *goldmines*; els taladors il·legals del parc; els rais que baixaven riu avall; els raiers, les passeres per on baixaven els troncs; la *goldmine* abandonada; els *kelotoks*, el mitjà de transport per anar pel riu, i sobretot els orangutans, molts orangutans, dels quals anotava en la seva llibreta els noms, seguint l'ordre cronològic per no equivocar-se (perquè una cosa que encara no sabia fer era distingir els orangutans com feien els indígenes i la seva tieta).

—*Sabarlah!* —deia rient l'Eso.

—*Ya!* Paciència! —repetia en Martí en català, però sabia que, si començava a distingir els orangutans, no hauria d'anar preguntant-ne els noms i se sentiria encara més integrat entre aquella gent tan extraordinària.

16 (*ENAM BELAS*)

EN KOSASI

La seva primera nit dormint en el *pondok*, amb els *daiaks*, a sobre una estora de vímet, no va ser precisament una nit oblidable. En Martí se'n recordaria tota la vida. La calor que hi feia era aclaparadora, tot i dormir amb una samarreta i uns pantalons de cotó.

En Martí suava de mala manera, perquè la xafogor era, inversemblantment, més intensa que a la clínica. Li costava molt adormir-se i tenia un son molt lleuger i intermitent. Els companys de cabana no tenien el mateix problema que ell, fins i tot roncaven fruit d'un son profund.

De cop i volta, a en Martí, quan semblava que ja havia agafat el son, se li congelà la suor instantàniament. Va fer un bot i s'incorporà com una molla, donant un cop a l'Eso, que dormia al costat. Sentí un crit llarg i punyent, que provenia d'un lloc no llunyà, ben bé del cor de la selva, i que li va fer posar la pell de gallina.

En Martí mirava primer cap a la porta del *pondok* i, després, cap a les dues finestretes. Tenia por que d'un moment a l'altre entrés una bèstia enorme que es voldria menjar el grup de dorments que jeien a terra.

Però quina cosa més estranya! Semblava que només ell sentia aquell crit. Impossible! O és que somiava? No li semblava pas que somiés, a en Martí... Per si de cas, donà uns copets al seu company:

—Eso! Desperta, Eso! —xiuxiuejà en Martí tocant el braç del noi.

Va caler repetir l'operació perquè l'Eso per fi li fes cas.

—Què passa? *Api*? —preguntà l'Eso, encara que no li semblava que hi hagués foc per enlloc.

—*Tidak!* Foc, no. He sentit un crit esgarrifós, que ha durat molta estona. Què deu ser? —preguntà espantat en Martí.

L'Eso respirà tranquil. Per un moment havia cregut que seria una cosa greu:

—És en Kosasi!, el rei dels orangutans. Cada matí fa el mateix crit. És el *longcall* dels mascles orangutans adults.

A partir d'aquell ensurt, l'aspiració d'en Martí era poder veure de prop aquell rei, però hauria d'esperar el moment més adequat, un dels dies que anés amb el grup d'observació potser.

Al camp de treball, en Martí feia feines molt variades: si l'una era important, l'altra encara més. Un dia ajudà a desbrossar el camí que sortia del *kelotok* central i que anava selva endins.

Calia fer-ho amb matxet i l'Eso li deixà l'eina, després de repetir-li com l'havia d'utilitzar. Era un matxet fet a mà, amb un tall molt barroer, però que tenia gravat un dibuix geomètric quasi perfecte, i un mànec de fusta molt primitiu; al costat de sota hi havia una bosseta, amb un ganivet també amb mànec de fusta.

Un altre dia s'uní al grup que numerava els camins que arrencaven del camí principal. El mapa podia dibuixar-se amb un llarg camí-eix, d'on sortien caminets a banda i banda, perpendiculars al camí central. Tot això servia per poder accedir més fàcilment a la selva per tal de fer les observacions de camp.

A en Martí la feina que li agradava més era la del grup d'investigació. Consistia a anar per la selva i observar de lluny els orangutans sense molestar-los.

En uns fulls s'apuntaven el lloc on s'havia localitzat l'orangutan, com era, què feia durant el dia, qui freqüentava, quantes vegades menjava i què menjava, quina classe de fruita o de fulles preferia, si tenia company o companya, si tenia fillets...

Tot això es feia de manera discreta, sense interrompre la vida rutinària dels habitants de la selva. Un cop acabat el dia, totes aquelles dades servien per conèixer millor la vida d'aquells meravellosos simis.

També li tocà fer de cuiner, d'ajudant de cuiner, més ben dit. I la feina consistia a anar a buscar llenya i fer el foc a terra, a sota un teulat fet de branquetes i fulles.

El menjar no variava del de la clínica: arròs i verduretes, i alguna fruita que no coneixia però que tenia un sabor especial, molt diferent de qualsevol de les fruites de casa.

—*Snake* —contestà el cuiner.

En Martí es mirava aquella fruita verda grogosa, de la mida d'un kiwi i que semblava tenir la pell plena d'escates de serp. No s'havien trencat pas la closca per posar nom a la fruita!

L'aigua, que agafaven d'un pou fet a terra, calia bullir-la cada matí. Ningú no podia beure una altra aigua que no fos bullida, per por de les possibles infeccions.

—No beguis mai aigua sense bullir, Martí, perquè l'agafem directament dels pous del riu i podries agafar qualsevol infecció!

Els menjars sempre es feien asseguts a terra, en rotllana. El cuiner anava abocant amb un cullerot la barreja d'arròs i verdures en un bol ample, i els comensals s'ho menjaven amb les mans, a poc a poc, parlant de les rutines del dia, sense perdre mai el somriure crònic.

Una cosa curiosa, molt llunyana de l'educació occidental, era el costum de fer rots. Fer rots era una cosa prou normal. El que es considerava incorrecte entre els *daiaks* era mocar-se mentre menjaves. L'acte de per si era d'una mala educació extrema i calia evitar-lo de totes, totes.

En Martí, que no ho sabia, va passar una mica de vergonya quan els altres *daiaks* que menjaven amb ell li van fer notar el seu fàstic.

Tot va ser culpa del peix salat, de les salses amb què el condimentaven més ben dit!

En Martí s'anava habituant al menjar, però el cuiner de la selva tenia el costum de posar-hi moltes espècies, de manera que en Martí, a la segona cullerada, començà a tenir els ulls vermells, encesos, perquè el bitxo que hi havia a les verdures picava de mala manera. Els ulls primer i el nas després, els tenia regalimosos, i la solució que va triar va ser mocar-se.

L'Eso, veient la reacció dels *daiaks*, li explicà de seguida que no es podia mocar i que era millor que ho fes amb els dits.

En Martí per poc treu els budells. Els feia fàstic que es moqués i, en canvi, trobaven d'allò més normal eixugar-se amb la mà! Mira que n'era, de difícil, entendre aquella gent!

Una altra cosa que també li costava d'empassar-se era l'hora d'anar al lavabo. No hi estava acostumat, a eixugar-se el cul directament amb la mà, sense paper!, i li costava de creure que aquella gent desconegués el tradicional i higiènic paper de vàter.

El costum era que, després de fer caca en un forat a terra que anava a parar a un pou excavat pels indígenes, s'havien de rentar el cul amb aigua i amb la mà esquerra, amb l'ajut d'un potet que servia per treure aigua d'una mena de galleda.

—Una mà per a cada cosa —pensava en Martí—. Amb l'esquerra s'eixuguen el cul i amb la dreta mengen. Així no hi ha interfències. Perquè si ho fessin tot amb les dues mans indistintament...

Així i tot, el jove aventurer no entenia que, fent allò, tothom anés tan net. S'havia de reconèixer que en Martí no havia conegut unes persones tan netes com els *daiaks*; cada dos per tres s'anaven a rentar. Ben bé tres o quatre cops al dia!

Cada matí i cada vespre, com a mínim la gent del campament anava al riu per rentar la roba (a mà) i de passada rentar-se.

S'asseien en una plataforma de fusta que era arran d'aigua i, amb un pot, s'anaven tirant aigua per sobre, s'ensabonaven i després s'esbandien de la mateixa manera o bé es tiraven al riu (generalment els nois) per esbandir-se i nedar.

Calia anar amb compte, perquè de vegades s'havien vist cocodrils a l'àrea. L'Eso deia que mai no havia passat res, perquè als cocodrils no els agradava ser prop de la gent.

Fos com fos, era molt curiós nedar en una aigua tan negra, i en Martí no gosà ficar-s'hi cap vegada.

«A tot s'acostuma un», havia dit la tieta, i era veritat, perquè en Martí va arribar un moment que ja feia el mateix que els *daiaks*, com si ho hagués fet tota la vida!

Només faltava un dia perquè l'Eso i en Martí tornessin cap a la clínica. Havien enllestit la feina i calia portar el material a analitzar. L'Eso ja havia fet l'informe que necessitava i en Martí havia viscut una estada plena de novetats, però tot es complicà hores abans d'agafar el *kelotok*...

En Martí havia sortit amb el grup d'observació. Per fi li havia arribat l'ocasió d'intentar veure el rei dels oraguntans, en Kosasi, i ho volia aprofitar per fer-li unes quantes instantànies. Tenia l'esperança de poder fotografiar l'orangutan rei de la selva en plena activitat. Potser l'enxamparia fent el seu *longcall*.

En Kosasi era l'orangutan dominant de l'àrea de Camp Leakey. Era un excaptiu que havien alliberat feia molts anys, quan era jove.

En Martí havia promès a l'Eso que no se li aproparia; a més, la seva càmera tenia un zoom prou potent per poder fotografiar-lo de lluny.

En Martí estava molt interessat en un personatge tan important, que cada matí iniciava el seu *longcall* despertant-lo sense compassió. Un crit esgarrifosament potent, que anunciava el naixement del dia i recordava qui era l'amo i senyor de tota aquella selva.

Feia més de tres hores que havien sortit del campament i només havia pogut fotografiar un parell d'orangutans adults enfilats als arbres i un gibó, que passà volant molt a prop d'ell, i també dos nassuts, que treien el cap per entre unes branques d'un arbre alt que hi havia a cinc metres de distància d'on era en Martí.

N'estava prou satisfet, de les fotos, però li faltava la millor. Un dels *daiaks*, que coneixia les intencions d'en Martí, li féu un senyal cap a la dreta i el noi s'hi dirigí.

Després de separar unes quantes branques, aparegué, a deu metres, el simi més gros que havia vist mai. S'estava tranquil·lament menjant unes fruites vermelles que tenia a l'abast d'un arbre amb molt de fullam.

En Kosasi estava sol, no hi havia ningú al seu voltant. En Martí ja sabia que els mascles adults acostumen a estar sols. Els altres orangutans els eviten. Per por? Per respecte? Ho hauria de preguntar a la seva tieta.

Uns quants metres més enllà hi havia una mare i un fillet orangutans molt més petits, que també menjaven fruita i fulles d'un mateix arbre.

En Martí acabà el rodet fent fotos a la parella, i sobretot a en Kosasi, que ni s'immutava davant la presència d'en Martí. Fins i tot semblava que s'hi posava bé per sortir afavorit en les fotos.

Fent cas omís del que li havien dit, en Martí s'acostà a la mare orangutan, i al simi no se li acudí res més que tirar-li branques i bastons i tot el que tenia a l'abast, al mateix temps que feia uns sorolls amb la boca com si fes petons, potser per protegir el seu fillet.

Més tard li explicaren que era una reacció normal, allò de tirar branques i bastons, quan l'orangutan se sent acorralat i té por. I també li van explicar que dels sorolls que feien, semblants als petons, en deien *kiss-squeak*, però en Martí en aquell moment no ho sabia i la seva reacció va ser fugir, pensant que l'orangutan li volia fer mal.

En la seva fugida, en Martí s'entrebancà amb arbustos de la selva i caigué, i, en alçar el cap, estant tot ell estirat a terra, va entreveure al davant una serp que se li acostava parsimoniosament, fent ziga-zagues entre la fullaraca, de manera que apareixia i desapareixia emetent un xiulet esgarrifós.

En Martí no es podia bellugar de por i no li sortia cap crit, ni fort ni fluix. Quan ja tenia la bestiola a tres pams, un cop de mà fortíssim va llençar la temuda serp ben lluny, fent-la volar pels aires com si es tractés d'un ocell.

Què havia passat, qui ho havia fet? En Martí aixecà el cap, que fins ara tenia entre les mans, mirant a terra, i veié una figura imponent, grossa i pesant davant d'ell. Era en Kosasi, el rei de la selva, que se'l mirà durant uns segons i desaparegué per entre els arbres.

En Martí no podria oblidar mai el que va sentir en aquells moments, quan l'orangutan, sense perdre la digna postura de rei, se'l mirà amb cara de tendresa, com un fill que acabés de treure d'un mal tràngol.

Minuts més tard, van arribar l'Eso i un parell més de *daiaks*, inquiets per la tardança d'en Martí.

—Què t'ha passat? *Are you OK?* —preguntà l'Eso més tranquil, ara que el veia sa i estalvi.

—*Ya*, Eso, *I'm OK!* Aquesta serp ha estat a punt de mossegar-me... i en Kosasi ha vingut i li ha donat un cop amb la mà! —explicà en Martí encara emocionat pel que havia passat.

—Què dius? En Kosasi? No és pas una cosa que faci normalment, el rei dels orangutans! Vols dir que no ho has somiat, Martí?

—No, et dic que no! Era ell! Llàstima que no he tingut temps de fer-li una foto en plena gesta.

—Vinga, som-hi! Anem cap al *kelotok*, que tenim feina. Marxarem d'aquí a una estona.

L'Eso l'ajudà a aixecar-se i mentre recollia la càmera de fotos i la motxilleta del noi, va notar que allà mateix s'endevinaven les petjades d'en Kosasi, enfonsades en el terra fangonós. L'Eso no podia negar l'evidència, però costava de creure!

Després de dinar, com sempre, en Martí ajudà l'Eso a recollir tot el carregament que havien de transportar fins a la clínica. Tornaven a ser encàrrecs, paquetets, papers amb els estudis de camp fets durant la setmana...

En Martí s'entretingué fent fotos als orangutans excaptius, que venien molt sovint a tafanejar o a menjar, o senzillament tornaven al lloc on havien estat una època de la seva vida.

El port, és a dir, uns taulons que arribaven fins a la vora del riu, salvant tota la riba fangonosa, difícil de transitar, formava una passera estreta i llarga, de més de cent metres.

Per arribar al *kelotok* calia fer una bona passejada i en Martí anava fotografiant els orangutans, que ja estaven acostumats a veure'l, quan de cop sentí la presència d'algú amb qui ja havia tingut una trobada: en Kosasi.

No el va arribar a veure bé, perquè s'estava més enllà, al començament del passeig de fusta, però sí que sentí el *longcall* que en Kosasi li dedicà. En Martí sabia que era exclusivament per a ell i, abans de pujar a la barca, agità la mà i el mirà amb agraïment. Sabia que en Kosasi ho entendria.

El viatge de tornada va ser semblant al d'anada, amb més troncs baixant pel riu, més raiers i més cordes...

—No sé quan s'acabarà, tot això. És tan dificil, hi ha tants interessos comercials! —es lamentava l'Eso.

—Aquestes coses les ha de conèixer la gent! Es pot fer més força. Així la gent de la ciutat en prendrà consciència i s'hi mirarà més, quan hagi de comprar mobles o fustes —deia esperançat en Martí.

—De moment haurem d'explicar tot el que ha passat al campament a la Dra. Rosa. No sé si n'estarà gaire contenta..., perquè jo, en principi, t'havia de cuidar perquè no prenguessis mal.

—Però si estic molt bé! No m'ha passat res gràcies a en Kosasi! Ara entenc per què és el rei de la selva dels orangutans! La tieta no s'ho creurà!

L'Eso s'assegué a popa, al costat d'en Martí, i tots dos contemplaren el riu negre, amb el solc gris que produïa l'escuma del motor, i miraren el paisatge a banda i banda, enfosquit pels arbres que arribaven fins arran d'aigua.

El cel blau i els nuvolets blancs, travessats per la llum del sol, vermellosa i groga, enterbolida per la caiguda de la tarda, formaven un conjunt fotogràfic impressionant, que en Martí no va dubtar a guardar en la seva càmera fotogràfica.

—Per què fas fotos als núvols? Quants rodets has fet ja? —preguntà l'Eso, que no entenia que fes fotos al mateix cel que veia cada dia.

—Perquè vull recordar aquest cel tan preciós. Mai no m'havia fixat que el cel fos un quadre tan esplèndid. A Barcelona gairebé no me'l miro mai. Sempre has de mirar endavant, si no, te la fots! —digué rient en Martí en recordar la vida atrafegada que portava a la ciutat.

—Aquí, sempre ens mirem el cel. Ens dóna moltes respostes.

17 (*Tujuh belas*)

De tornada a la clínica

La Dra. Rosa ja frisava per veure el seu estimat Martí. Semblava mentida, però l'havia trobat a faltar moltíssim, tot i la feina que havia tingut durant aquells dies. Amb el poc temps que feia que tenia en Martí a la clínica, s'estava acostumant a tenir-lo al seu costat i li agradava molt que li preguntés coses i que fes els seus comentaris tan càndids.

—Tieta, no t'ho creuràs, però he vist en Kosasi!

—Bé, no és cap novetat, a vegades s'apropa juntament amb els altres orangutans al port del camp i…

—Sí, però a mi m'ha salvat la vida, tieta, m'ha salvat d'una serp!

—Això m'ho hauràs d'explicar amb calma, Martí, perquè generalment en Kosasi no es deixa veure de gaire a prop… I una serp, dius? Em sembla que tindràs moltes coses per explicar a la mare, però vejam com li ho expliques, perquè, si no, s'espantarà i vindrà volant a buscar-te!

—Que ha trucat, la mare?

—No. Ha enviat un fax on explica tot el que fa. Diu que passa moltíssima calor i que s'empassa un sac de pols cada dia. Vinga, dutxa't i a sopar! I comença a pensar com li comentaràs tantes novetats.

Estimada mare,

Aquí també fa molta calor, però no hi ha pols. I com més va, menys en sento; continuo suant a les nits, però no em molesta. M'ho estic passant molt bé. No t'ho creuràs quan t'ho expliqui.

La tieta em deixa voltar per la clínica i canvio de feines per saber com són.

Al matí els orangutans es lleven i, per esmorzar, mengen fruita i beuen aigua. Jo ajudo a donar llet als més petits, que representa tota una feinada!

Quan han acabat, se'n van al bosc que hi ha a la mateixa clínica i allí fan de tot. S'ho passen molt bé i a la vegada aprenen a viure a la selva. La tieta diu que s'habituen a enfilar-se als arbres, a buscar l'aliment —mengen fulles, fruits del bosc, saba de l'escorça—, aprenen a fer els nius, perquè saps que no dormen a terra, sinó al capdamunt dels arbres…

Mentre el grup s'està al bosc, hi ha una brigada de daiaks *que neteja les gàbies i les condiciona per quan tornin els orangutans. No saps pas la neteja que hi arriba a haver!*

Cap allà a les tres del migdia tornen i mengen, i una mica més tard beuen llet. Quan arriba l'hora dels banys, és un espectacle veure els nadons, que no volen tocar gaire l'aigua i s'enganxen a la mare com deu ganxos. Ja ho diu la tieta, que són bebès de quatre mans!

He après moltes coses i estic molt satisfet de ser útil. La tieta és molt dolça, i allò que tu deies que no estava acostumada a tenir-me a prop, ho dissimula molt bé, perquè jo no li ho noto!

Una cosa que em fa molta ràbia és veure com talen els arbres, uns arbres enormes que utilitzen per fer mobles! La tieta diu que haurien de fer tales sostenibles, que haurien de plantar tants arbres com talen; ara ja sé a què es referia la professora de naturals quan parlava d'una societat sostenible i saludable i... no sé què més!

Ah! Alegra't, que ja tinc mig diari ple. M'ha anat molt bé perquè hi he anotat tot el que he pogut!

T'estimo molt, mare. Ah! I posa't una careta per a la pols —ja saps, com les que es posen els cirurgians—, que jo també en porto una, que m'ha donat la tieta, per no contaminar els orangutans!

Un petó molt i molt fort!

Martí

18 (*Delapan belas*)

Ms. Rika i Mr. Idea

—*Ayo! Let's go*, Dra. Rosa! —cridà l'Eso.

—Tieta, on vas tan maca avui? Per què m'has fet posar aquesta camisa?

—Perquè anem de casament al poble. Una de les mares adoptives, Ms. Rika, es casa amb Mr. Idea, un altre *daiak* d'un poble del costat, i ens hi han convidat.

—Que bé, avui hi ha festa i menjarem coses bones! I tan aviat hi hem d'anar? Però si encara no són les deu!

—Ui! I si hi anem d'aquí a vuit hores, encara hi seran!

—Ara em dius una bola, oi?

—Doncs no! Els casaments *daiaks* duren dotze hores! I, si no t'ho creus, pitjor per a tu!

—Es casen com nosaltres?

—No. Normalment els *daiaks* són animistes. És un altre tipus de religió…

El casament, com tots els casaments a Indonèsia (tant si són de religió musulmana, protestant o catòlica), es fa a la mateixa casa de la núvia.

Els convidats entren en una primera sala, on hi ha els pares, que ofereixen alguna cosa per menjar. Després de saludar la família, els convidats passen a la segona sala.

Al mig, asseguts en dues cadires, s'hi estan els nuvis. S'hi passen tot el dia, des de les vuit del matí fins a les set de la tarda, minut més o minut menys, esperant la visita de familiars i amics.

En Martí no es podia creure que la núvia s'estigués tantes hores sense moure's, al costat del nuvi.

—Suposo que, si vol anar al lavabo, hi pot anar, oi?

—Suposo. I, si té gana, li porten alguna cosa per menjar segurament.

—Quant fa, que són aquí? No poden aixecar-se o què? —preguntà en Martí mirant-se la núvia, que dies abans feia de mare d'un dels orangutanets.

Li va costar reconèixer-la, perquè anava tan engalanada, tan plena d'adorns i maquillatge, que no semblava ella.

—Doncs deu fer més de tres hores que s'hi estan, i fins a les set… el que els queda! —contestà la Rosa.

—Gairebé dotze hores asseguts rebent gent! Això passa de rosca!

—A estones també s'estan dempeus, no et pensis!

—Dra. Rosa, gràcies per venir! —va dir la núvia en indonesi—. És un honor per a nosaltres!

—Al contrari, t'agraeixo que m'hagis convidat. És un honor assistir al teu casament! —replicà la Rosa també en indonesi.

En Martí comprovà que l'estona que van estar amb ells ni el nuvi ni la núvia no es van aixecar de les cadires ni van perdre en cap moment el seu somriure de dents blanquíssimes.

Tothom els oferia un regal, i el deixava, amb molta cerimònia, a un costat de la sala.

La modernitat també hi era present, però per altres vies!

A fora, al jardí de la casa, havien instal·lat uns aparells molt coneguts per a en Martí:

—Mira, tieta! Un televisor i un karaoke!

—És que als *daiaks* els agrada molt cantar i ballar. Lloguen els aparells expressament per al casament. Tu què et pensaves? Que no són moderns, aquí?

Uns quants convidats cantaven i ballaven al ritme de la música, i uns altres, asseguts a terra, miraven la televisió. A terra també hi havia uns bols amb menjars diversos, que en Martí preferí no tastar.

—Vols beure una mica de *tuak*? —preguntà l'Eso a en Martí.

—Què és això? Aigua? —preguntà en broma el noi.

—És licor d'arròs, però millor que només el tastis perquè et marejaries!

—Prefereixo una Coca-Cola ben freda!

Com que no hi havia una altra cosa, en Martí va tastar el *tuak*, i sort en va tenir, d'estar assegut!, perquè es begué mig gotet de licor d'arròs i, en lloc d'una, en veia dues, de núvies…

—Tieta, estic borratxo... o aquest no és el vestit que portava la núvia fa una estona?

—Totes dues coses. Jo diria que estàs borratxo i que aquest no és el mateix vestit que portava la núvia... En un casament la núvia s'ha de canviar de vestit per a cada circumstància. Ha de tenir un vestit de cerimònia, un vestit de tarda, un vestit de festa...

—Quanta feina, pobra! Això més aviat sembla una tortura!

A mitja celebració, un assistent de la clínica va venir a buscar la Rosa:

—Dra. Rosa, Mantra. *It's time! Quickly!*

—*Problems?*

—Què passa, tieta? Problemes seriosos?

—Espero que no. Mantra és una excaptiva i està a punt de tenir un fill.

Van tornar ràpidament a la clínica. Dos assistents estaven amb la mare orangutan i tenien a punt tovalloles netes i el material necessari per si calia una intervenció ràpida.

El naixement del petit havia creat una expectació important. Tothom estava pendent del naixement. Feia dies que l'esperaven.

—No és habitual veure com neixen les cries dels orangutans. I que una excaptiva tingui un fillet, tampoc. Si tot va bé, serà el primer orangutan que neixi a la clínica. Ho haurem de celebrar!

Efectivament, minuts més tard va sortir la tieta amb cara de felicitat, la mateixa de tots els ajudants i personal del centre.

—Martí, ja ha nascut en Max. És un orangutanet tan maco com la seva mare. És preciós.

En Martí va tenir l'honor de veure'l uns dies més tard, enganxat a la seva mare, que sortí a passejar molt orgullosa.

19 (*Sembilan belas*)

Sorpresa!

Els dies havien passat molt de pressa per a en Martí. No tenia gaire noció de quin dia era, però la Rosa li ho recordà:

—Ja fa quatre setmanes que ets aquí; ¿encara no te n'has cansat?

—Què dius? Però si sembla que va ser ahir! —va dir en broma en Martí.

—Haurem d'anar a comprar el bitllet de tornada... La mare va dir que només t'hi podies quedar un mes!

—I no m'hi puc quedar uns quants dies més? Total, encara falten quatre setmanes per tornar a l'institut...!

—Ho hauries de preguntar a la Clàudia; jo no ho puc decidir.

—Li enviaré un fax ara mateix. Ara torno!

—Martí! —va haver de cridar la tieta, perquè en Martí ja corria cap al despatxet de la clínica—. Dóna-li molts records de part meva!

L'endemà la tieta Rosa li tenia preparada una sorpresa!

Havien d'anar a comprar el bitllet cap a Barcelona i ho aprofitarien per passar el dia a la ciutat.

Pangkalan Bun era una ciutat ni massa gran, ni massa petita, acostumat com estava a la clínica. Els carrers eren plens de gent que comprava, venia o parlava molt sorollosament. L'olor que va sentir en baixar de l'avió a l'aeroport de Pangkalan Bun tornava a imperar, l'olor d'una espècia que trobava en totes les paradetes del mercat: el clau.

Semblava que la Rosa tenia pressa, i no parava de mirar l'hora, preocupada.

—Què passa, tieta? Què has de fer? —preguntava en Martí mentre remenava unes polseres precioses de fusta.

—Aquestes polseres són fetes amb arrels d'aigua, segons el que diu el cartell. Per a qui són? —va preguntar la tieta fent veure que no havia sentit la pregunta d'en Martí.

—En vull comprar una per a la mare i una altra per a una amiga, la Mont... Encara no m'has contestat, tieta! Que hem d'anar a algun lloc?

—Només hem d'anar a l'aeroport a buscar el bitllet. Però abans anirem a dinar a un restaurant!

En Martí es va posar molt content. Per fi podria menjar alguna cosa que no fos arròs!

Van aprofitar que eren al centre de la ciutat per passejar per aquells carrers tan plens de gent i paradetes. En una cantonada, la Rosa es va aturar davant una porta de fusta amb vitralls, que ho semblava tot menys un restaurant.

—És un dels més típics de la ciutat. M'han dit que fan un *rijsttafel* boníssim! —comentà la tieta sense esperar l'opinió del seu nebot, i hi entrà donant un suau cop de porta.

—És a base d'arròs això que dius? —preguntà en Martí al clatell de la Rosa.

—És una especialitat que pot arribar a tenir fins a trenta plats diferents; sempre s'hi troben llegums estofats, trossos de carn servits amb arròs, salses condimentades i cacauets.

—Prefereixo menjar una cosa diferent, si existeix, és clar!

—Jo demanaré un *bami goreng* i un *pisang goreng*, per variar —digué la Rosa mentre revisava la carta daurada del menú.

En Martí només feia que mirar la seva carta sense entendre res. Intentava de llegir la línia de sota, que era en anglès, però ni així no aconseguia saber què hi deia.

—Si almenys hi posessin algun dibuixet que et servís per orientar-te! —digué resignat tancant la carta i deixant-la sobre el paquet de cigarretes de *kretek* de la seva tieta—. Tu què dius que demanaràs?

—El *bami goreng* són tallarines xineses i llegums amb trossets de porc i gambetes, i el *pisang goreng* són plàtans fregits.

—Em sembla que jo demanaré el mateix…

—Si t'agraden les broquetes de carn, el *saté* te'l serveixen amb salsa de cacauets.

—Aquí no tenen costum de variar gaire, sempre mengen el mateix! —tornà a rondinar per enèsima vegada.

En Martí es queixà un parell de cops més i, veient que tampoc no en trauria res, es limità a obrir la boca per menjar.

L'hora de les postres va ser curta. La Rosa, que cada cinc minuts consultava el rellotge, decidí, de sobte, que havien de marxar. En Martí s'afanyà darrere la Rosa, que, cinc minuts després, ja engegava la camioneta.

—T'has passat tot el dinar mirant l'hora! I ara em fas córrer! Que tanquen, els de l'aeroport, o què? —preguntà en Martí sense esperar resposta.

En arribar a l'aeroport, passaren de llarg les concorregudes finestretes de venda de bitllets i continuaren en direcció a les terminals.

—Tieta, t'equivoques, que els bitllets ja els hem passat!

—No m'equivoco, Martí!

—Què em vols dir, amb això, que t'ho has repensat i que no comprem els bitllets de tornada? Perquè per a mi, millor!

—Doncs per a mi, no! Ja tinc ganes que desapareguis una temporada!

—El que dius no m'ho crec, perquè et conec i sé que estàs molt contenta que estigui amb tu, mentidera!

La tieta s'aturà en sec. Havia estat fent broma i ara arribava l'hora de la veritat. Es mirà el rellotge i engegà el discurs que feia molta estona tenia a la punta de la llengua:

—No t'ho he volgut dir fins ara i m'ha costat molt aguantar-m'ho, encara que no t'ho creguis, però tinc una sorpresa per a tu… —va deixar anar la Rosa.

—Una sorpresa! Quina? —preguntà encuriosit en Martí—. ¿Em convidaràs a dinar en un restaurant que no sigui xinès potser?

—La mare és aquí. Acaba de baixar de l'avió.

—Què?

A en Martí li havia canviat l'expressió de la cara. Si el punxen, segur que no treu sang.

—Ha enllestit la feina abans d'hora i li han donat vacances. Per això ha decidit venir a passar tres setmanes amb nosaltres. Què et sembla la idea? T'has quedat mut! —continuà la tieta agafant-lo pel braç i sacsejant-lo en veure que la inesperada sorpresa l'havia deixat fora de joc.

En Martí, durant uns segons, no pogué dir ni ase ni bèstia. No sabia què contestar. Estava molt emocionat.

Es despertà del xoc que li produí la sorpresa quan sentí que la mare el cridava, mentre travessava la porta de la zona d'arribades amb un parell de maletes.

En Martí començà a córrer per poder-la abraçar i explicar-li totes les grans aventures que havia viscut gràcies a ella. Ara sí, que ho tenia tot. Mai no s'havia sentit tan feliç!

Si voleu més informació sobre els títols
d'aquesta col·lecció, consulteu el web
d'Editorial Barcanova:

www.barcanova.cat